子供火竜
プロクス
魔技巧士
イングリット
公爵家当主
フォースター
元人間の勇者
フランベルジュ
国家錬金術師
キャロル
猫妖精
ヨヨ

魔石技士
エル
エルの父
フーゴ
魔法騎士
ジョゼット

少女と猫と
お人好しダークエルフの
魔石工房2

江本マシメサ

ぶんか社

C O N T E N T S

第一章　少女はダークエルフと共に大迷宮に挑む！

エルは早朝からせっせと小麦生地を捏ね、木イチゴから作った酵母を使い、ふわふわパンを焼いた。同時進行で、スープを作る。市場で買った大きなキャベツに、スライスしたベーコンを挟み込んで丸ごと煮た。キャベツがトロトロになったら完成だ。

『ぎゃうぎゃーう！（薬草採ってきたよ）』

火竜のプロクスが、スープに使う薬草を差し出す。エルが教えたら、こうして摘んできてくれるようになったのだ。プロクスはかなり賢く、精神年齢は十二、三歳の女の子くらいだと、エルは認識していた。

「ありがとう、プロクス」

エルは薬草を受け取って、プロクスの顎の下を撫でてやる。気持ちよさそうに目を細めていた。

『ぎゃう、ぎゃう？（何か、手伝うことある？）』

「じゃあ、食卓に、昨日洗濯した生成り色のテーブルクロスをかけてくれる？」

『ぎゃう！（わかった）』

プロクスはのっしのっしと歩きながら、食卓を目指していた。家事を教えたら、どんどん覚えてくれるので、エルは助かっている。火竜がこのように家庭的だなんて、初めて知った。

『エル、おはよー』

「おはよう、ヨヨ」

　ふわふわの猫妖精（リ・イルベス）、ヨヨが起きてきた。朝が苦手なので、欠伸（あくび）を噛（か）み殺しながらの登場だ。

「イングリットはまだ寝ているの？」

『残念ながら』

「もー」

　パンが焼けたので、窯（かま）から取り出し、カゴに盛り付ける。これを、そのまま二階の寝室まで持っていった。イングリットを起こすには、おいしい朝食の匂いをかがせたら一発なのだ。

「ぐう……」

　ダークエルフの美女、イングリットは何も被（かぶ）らず、腹を出した状態で眠っていた。

「イングリット、起きて！　パン、焼きたてだから」

「ぐう……ん、なんか、いい匂いがする」

「パン、アツアツだよ」

「食べる」

　イングリットは目を覚まし、むくりと起き上がった。低血圧なのもあり、まだ完全に目覚めていないようで、目をしぱしぱと瞬（またた）いている。再び寝ないよう、腕を引いて寝台から下ろした。

「顔と歯を磨いてからね」

「了解」

　パンを手に持ったまま一階に下り、食堂のテーブルに置く。

「プロクス、テーブルクロスかけ、ありがとう。皺（しわ）もなく、きれいにかけられたね。偉い」

『ぎゃう〰〰（それほどでも）』

そこから、朝食の用意は急ピッチとなる。スープの入った鍋を食卓へ運び、カトラリーを整える。プロクス用の果物の盛り合わせを用意し、紅茶を蒸らしておく。

エルは玄関へ走る。扉の閂代わりにしていた精霊剣フランベルジュを引き抜いて、裏庭の太陽の光が照る所に置いて日光浴させておく。

『ふむ、心地よい。ん、朝か？』

「おはよう、フランベルジュ」

『おはよう』

炎属性のフランベルジュは、日光浴が何よりの活力となる。そのため、日中は日当たりがいい裏庭に置いておくのだ。夜間は閂にして、鍵代わりにしている。

歯を磨き、顔を洗ったイングリットが、おぼつかない足取りで食卓へとやってきた。長い髪がスープに入らないよう、三つ編みにして結んであげた。ヨヨ用の椅子を引いてやると、むっくりした見た目に反し、軽やかに跳んで座った。ヨヨは妖精なので、食事を必要としない。けれど、こうして食事のときは皆に合わせて座ってくれるのだ。プロクスは抱き上げて、椅子に座らせてやる。

鍋で煮込んだキャベツを、ナイフでケーキのように切り分けた。ベーコンの旨味が染みこんだキャベツを、深皿に装って配る。エルは指をさしながら確認した。食卓よし、料理よし、イングリットよし。準備は万端だ。

「これでよし！」

『エル、みんなのお母さんみたいだね』

「そう？」

エルの中に母親像というものはまったくない。そのため母親らしいと言われたら、嬉しいような、恥ずかしいような。そんな不思議な感覚となる。

エルも席につき、食前の祈りのあと、焼きたてパンに手を伸ばした。丸くてフワフワとした食感のパンには、ピーナッツバターをたっぷり塗って頬張る。香ばしい風味が、口いっぱいに広がった。甘い物を食べたあとは、しょっぱい物が恋しくなる。キャベツとベーコンのスープを飲んだ。食材の旨味が、スープに溶け込んでいる。プロクスが摘んできてくれた薬草も、いいアクセントだ。

「うん、おいしくできてる」

「ああ。今日もエルの料理は最高だ！」

エルの料理を毎日食べるようになったイングリットは、頬がふくふくしつつある。今まで痩せすぎていたので、ちょうどいいくらいだろう。

今、エルはイングリットと手を組み、魔石工房を開いている。イングリットは魔技巧士として、主に魔石を使った日用品である魔技巧品を作っている。だが、ここが『魔技巧品工房』ではなく、『魔石工房』である理由は、生活に密着している魔石屋を開いて、地元住民と仲良くなろうという目論見(もくろみ)からだ。人々の生活には必要不可欠な魔石を販売し、常連になってもらったところに魔技巧品にも興味を持ってもらう。それが狙いだ。

今のところ魔石に十分な在庫がないので、開店はまだ先になりそうだ。同時進行で、イングリットと冒険に出かけることもある。目的は、魔技巧品の素材探し。今は赤ちゃんのような姿でいるプロクスが元の巨大な姿へと戻り、エルとイングリットを目的地へ運んでくれるのだ。

忘れてはならないのが、ウサギのぬいぐるみの姿をした人工精霊ネージュの存在だろう。二ヶ月ほど前に、記憶に混乱が生じたため、現在は製造元に預けている。思いのほか、修繕に時間がかかっているようだ。皆が揃うのを、エルは心待ちにしている。

朝食を食べ、はっきり目が覚めたイングリットが、本日の予定を発表した。

「エル、今日は大迷宮に挑戦してみよう」

「大迷宮？」

それは冒険者ならば誰もが挑戦することを夢見る、底なしと噂される大迷宮だった。

エルは迷宮に持っていく弁当の準備を始めた。数日家を空けるので、卵はすべて茹(ゆ)でておく。小腹が空(す)いたとき、茹で卵に塩をかけて食べると腹がいい感じに満たされるのだ。エルの魔法の先生である賢者のモーリッツが作った、特製の魔法鞄の中に入れておけば、卵の殻が割れる心配もない。

『ぎゃう、ぎゃうー！（庭に干していた薬草、持ってきたよ）』

「プロクス、ありがとう」

一週間ほど日陰に干していた薬草は、スープに入れる物だったり、茶にする物だったりと種類豊富だ。瓶に詰めて、鞄(かばん)に放り込む。

「プロクス、フランベルジュにも声をかけてくれる？」

『ぎゃう！（了解！）』

昨日買っていた鶏肉を思い出し、エルは慌てて調理に取りかかる。時間がないので、茹でることにした。沸騰する鍋に鶏肉を入れ、塩をぱっぱと振っていたら、フランベルジュを引きずりながらプロクスが戻ってくる。

「ん、ありがとう」

『ぎゃう〜〜〜(起きないよ)』

「うん。その辺に投げておいて」

『ぎゃう(了解)』

重かったのか、それとも起こそうと思ったのか、プロクスは雑にフランベルジュを投げた。

『んぐう!!』

「フランベルジュ、起きた?」

『な、何事か!?』

「今から、迷宮に行くから」

『む……。そうであったか。承知した』

元勇者だと言い張る精霊フランベルジュはむくりと起き上がり、剣身を左右に振る。準備運動をしているようだ。茹で上がった鶏肉を湯から上げていると、ヨヨがやってくる。

『エルー、イングリット、準備できたって』

「わたしはあと、三十分くらいかかるかも」

『了解。イングリットも、ゆっくりでいいって言っていたよ』

「うん、ありがとう」

鶏肉は塩茹でした物をパンに挟んだだけでは味気ないので、一工夫加える。茹で卵をみじん切りにし、同じように細かく刻んだタマネギを加える。そこに、卵黄と酢、柑橘(かんきつ)汁、油を入れて作ったソースを加えて混ぜた。タルタルソースと呼ばれる、エル自慢の万能ソースである。

パンに塩茹で鶏肉を載せ、たっぷりタルタルソースをかける。上からパンを被せたら、鶏肉のタルタルサンドの完成だ。弁当の準備は整った。続いて、エルは自らの旅支度を行う。

『エルの服は、タンスから出しておいたよ』

「ヨヨ、ありがとう」

猫の手も借りたいと思っていたところだった。優秀な猫妖精ヨヨは、エルが望むことを言わずとも叶（かな）えてくれる。ヨヨが用意してくれた服を鞄に詰め、今度はエル自身が身支度を整える。

下着の上に革装備を着込み、その上からフェルトのワンピースを着込む。下はタイツを穿き、編み上げブーツの履き口に足先を滑らせる。腰はベルトを巻いて、魔石師の武器である投石器（パチンコ）をホルスターに差し込んだ。長い髪は三つ編みにして、邪魔にならないようにする。

ヨヨも、旅支度をしてあげる。ヨヨ専用のブーツを履かせ、長い毛に埃（ほこり）や汚れが付かないよう、頭巾（フード）付きの服を着せておく。

『エル、これ、必要？　変じゃない？』

「必要。変じゃない。強（し）いて言ったら、すごく可愛（かわい）い」

『エルと一緒にいて、初めて可愛いとか言われたよ』

「あれ、言っていなかったっけ？」

『うん』

「ヨヨ、可愛いよ」

『照れるからやめてー』

これにて、身支度が整った。

「おう、エル、準備は終わったか？」

イングリットがひょっこり顔を覗かせる。長いマントに黒革のジャケット、ズボンを合わせていた。今日の彼女も美しく、カッコイイとエルは感嘆した。

エルはいつまで経っても背が伸びず、胸も膨らまない。イングリットのようにぐーぐー眠ったら、成長するのだろうか。異国の勇者の言葉で、『寝る子は育つ』という格言もある。

「ん、どうかしたのか？」

「イングリットみたいな大人の女の人になりたいと思って」

イングリットはしゃがみ込み、エルの頭を優しく撫でる。

「エルは私よりもっとでっかい女になるから、安心しろ」

「本当？」

「本当だ。私が保証する」

「イングリット、ありがとう！」

心配事もなくなったところで、出発となる。王都の郊外まで歩き、開けた所でプロクスは元の大きさに変化した。その場に伏せ、乗りやすいようにしてくれる。

『ぎゃーう（どうぞ！）』

「プロクス、今日も、お願いね」

『ぎゃうぎゃう（任せて！）』

まず、紐を付けたフランベルジュを、プロクスの首にかける。

『これ、落とさないよな？』

「大丈夫。たぶん」

『今、たぶんって言ったか⁉』

「力自慢のイングリットが結んだから、大丈夫だよ。たぶん」

『また、たぶんって言った！』

フランベルジュで遊ぶのはこれくらいにして、エルはプロクスに跨がる。その後ろに、イングリットが跨がった。久々の遠出でドキドキしていたエルだったが、イングリットがそばにいると心は不思議と落ち着いた。以前、イングリットはエルを『清涼剤』と言ったが、エルにとってイングリットは『安定剤』なのだろう。不思議な関係である。

ヨヨはプロクスに付けた荷鞍のカゴの中に潜り込む。エルははみ出ていた尻尾を詰め、しっかりと蓋を閉めた。プロクスが翼を羽ばたかせる。ふわりと、体が浮いた。

目指すは、大迷宮。そこで、魔道具の素材を探すのだ。

なぜ、エルたちが大迷宮を目指すことになったのか。それは少し前に遡る。

下町の新聞配達を生業とする商会から、配達用の一人乗りの魔石車が欲しいという依頼があったのだ。魔石車とは、王都で流行りの、馬の力ではなく魔石の力で動く車だ。俗に自動車とも呼ばれる。イングリットは、異世界の勇者が迷宮に残したらくがきの中にあった、『バイク』と呼ばれる乗り物を基に、魔石を動力源とした『魔石バイク』を考案した。そして彼女はたった三日で、魔石バイクの設計図を完成させた。問題は、材料だった。

まず、魔石の魔力に耐性がある金属が必要だ。タイヤに使う素材も、普通のゴムでは耐性がなく、すぐに劣化してしまう。塗装に使うペンキだって、市販品は使えない。その辺りの素材すべてが、大迷宮で採れるだろうという期待を込めて、探索に向かうこととなったのだ。

『うおおおおおお！！！！』

プロクスの首から提げられたフランベルジュは、悲鳴を上げていた。

高所恐怖症なのかとエルが聞くと、『そ、そんなことはないッ！』と震える声で返してくる。気の毒に思ったエルは、一回目の休憩でフランベルジュを鞍に固定できるよう縛り付けておいた。

二回目の休憩時に、エルはイングリットに大迷宮について話を聞くことにした。

魔石ポットに茶を入れ、エル特製のクッキーを囲んでちょっとした茶会を開く。プロクスは小さく変化し、尻尾を振りながらクッキーを食べていた。彼女は、契約の対価として要求するほど、エルのクッキーが好物なのだ。エルはイングリットのカップに、角砂糖を落としながら質問する。

「ねえ、イングリットは、大迷宮に行ったことあるの？」

「あー、何度かあるな。単独行動だったから、最深で第七層までしか行かなかったけれど」

「底なし迷宮、だっけ？」

「ああ、そうだ」

大迷宮は勇者の伝説にも登場し、魔王を倒すための聖剣の素材をすべて集めた場所としても有名だ。そのため、何か必要な素材があれば、大迷宮に行くとだいたい揃うと言われている。

「今、報告されている最深の階層は、十年前に第一位(アン)の冒険者が到達した第百五十層だったたか」

「すごい人がいるんだね」

「まあ、そうだが、どうやら迷宮内で大変な状態だったらしい。いつまで経っても戻らないからギルドカードの情報を探ったところ、死亡していたと」

「じゃあ今も、その冒険者の遺体は、百五十層にあるってこと？」

「そうだな。親族が遺体や遺品の回収を望んでいて、ギルドに依頼を提出して報酬を出しているが、まだ達成されていない」

「そうなっちゃうよね」

ギルドとしては、惜しい人材を亡くしたと言われていたようだ。

イングリットの話によると、その冒険者の死亡が確認されたあと、大迷宮に挑戦する際の推奨等級なるものがギルドから発行されたそうだ。

「第六位（シス）は第十層まで、第五位（サンク）は第二十層まで、第四位（カトル）は第三十層、第三位（トロワ）は第四十層、第二位（ドゥ）は第六十層、第一位（アン）は第八十層まで、無限大（アンフィニ）は特に制限なし、みたいな感じだな。基本、これの目安は単独行動用だが、パーティーを組んでいても、無理はしないほうがいい」

大迷宮には豊富な素材やアイテムがあるが、強力な魔物も存在する。冒険者になりたての初心者は力量がわからず無駄に命を落とすことも多かったようだが、推奨等級で危険度を明示することで、実力の及ばない深層へ潜るのを防いでいるらしい。

「エル。よーく聞いておけ。大迷宮は、日々、成長していると言われている。大金持ちになれる素材が落ちていることもあるし、人生を変えるようなアイテムも落ちている。でも、それらは、すべて人を糧（かて）として得られる物なんだ」

「大迷宮が、人を喰（く）らうみたい」

「実際、大迷宮が、人を喰らうんだ。たとえば、上位魔法薬（ポーション）の原料になる、レイズ草というレアな薬草は、人の死体から養分を得て葉をつけるんだ。死体一体につき、レイズ草は一本しか生えないんだとか」

「えっ、レイズ草って、そうなの？」

「実は、そうらしいな。エルの生まれ育った森にも生えていたのか？」

「うん。すごく、珍しい物だったけれど」

魔法鞄に、乾燥させた物を瓶詰にして入れていたのだ。取り出して、イングリットに見せる。

「ほら、これ」

「おお。本物のレイズ草だ。十枚もあるな」

「あるね」

エルはレイズ草が入った瓶を、鞄に戻した。

「じゃあ、アイテムとかは、冒険者が落とした物なの？」

「そうだな」

大迷宮を巡回する妖精がいて、宝箱の中に拾ったアイテムを入れて回るらしい。彼らが自分の物だと主張しているわけでなく、宝箱へ入れたら回収することはないようだ。

「奴らは宝箱魔物（ミミック）の配下妖精で、アイテムを主人のために集めていると言われている」

「宝箱魔物って、宝箱に擬態して開けた人をばくりと食べる魔物だよね」

「ああ、そうだ。宝箱の数が多ければ多いほど、宝箱魔物に引っかかりやすくなる。だから、積極的に普通の宝箱にアイテムを入れて回っているんだ、なんて話も聞くな」

「ふうん」

　素人には魔物と本物の宝箱を見分けるのは難しい。そのため、イングリットは宝箱を見つけたとき、必ず足で蹴って宝箱魔物か否か確認するようだ。

「階層が深くなると、仕掛けがある場所もある。毒矢が飛んできたり、床が抜けたり」

「注意が必要なんだね」

「まあ、その辺は猫くんがいるから、問題ないと思うけれど」

　妖精族は、悪意に敏感だ。そういう仕掛けも、すぐに気付けるのだ。

「ヨヨ、よろしくね」

『まあ、気付いたら報告するよ』

　大迷宮はいろいろと危険な仕掛けや魔物がいると聞いたが、エルは今から始まる冒険を前にドキドキしていた。

　王都から歩いて三日かかる大迷宮も、火竜に乗ると数時間で到着した。プロクスは小さくなったが、それでも竜は目立つのでエルの魔法鞄の中に入った。開けた場所から森の方角へしばし歩くと、大迷宮へと繋（つな）がる神殿と見まがうほどの大きな建物が見えてくる。

「ここが、大迷宮――！」

　鬱蒼（うっそう）と茂る森の中にポツンと存在するとエルは思っていたが、見事に予想は外れた。そればかりか、大迷宮の周囲の様子も、想像と違っていたのだ。

「いらっしゃい、いらっしゃい！　大迷宮の第十五層までの地図はいかがかな？」

「大迷宮で採れた、新鮮な薬草だよ！」

「アンティークの武器はいかが!?」

大迷宮の入り口までの道のりは、商店街となっていた。冒険者らしき人々で賑わっていて、どの店も景気がいいようだ。ヨヨは人と人の間を縫うように歩いていたが、『まだ先が見えない森のほうがマシだ』とぼやいている。

「ここも変わらないなー」

「前から、こんななの？」

「まあな。ここには大勢の冒険者が出入りしているだろう？　中には無知な奴も多くて、思いがけずレアアイテムを買い取れたり、安いアイテムでも値段をふっかけて売ったりできるから、こうやって集まってくるんだ」

「へえ、そうなんだ」

「まともな商人はいないから、引っかからないようにな」

「うん、わかった」

イングリットに注意されていなかったら、エルはキョロキョロと周囲の様子を確認し、おのぼり気分でいただろう。エルは風を切るようにして歩き、商人に捕まらないようにする。

「おっと、お姉さん。いい剣を持っているじゃないか」

イングリットを引き留めたのは、五十代くらいの中年の商人だった。腰から下げたフランベルジュを指さし、売ってくれないかと言う。

「これは、武器登録された物じゃないねえ。無銘の剣だろう？」

武器屋で売られる武器は、剣であればロングソードやサーベル、カトラスなど、種類ごとに分類され、登録されているのが普通だ。フランベルジュは精霊なので、登録がないのは当たり前だった。

「ちょっと見せてくれないか？　知り合いが作った剣かもしれない」

「断る」

　商人をあしらって先へ進もうとしたら、イングリットは腕を掴まれる。

「おい、姉ちゃん。俺に逆らわないほうがいい。なんせ、世界各国の武器屋に顔が知れているからな。そうだ、その剣を買い取ってやろうか。金貨一枚、付けてやろう。無銘の剣だから、破格の値段のはずだ。ありがたい話だろう？　だから――」

　商人がフランベルジュの柄を握った瞬間、手からジュウ！　という肉が焼けるような音が鳴った。

「ぎゃあああああ！！！」

　フランベルジュの柄から、炎が上がる。それは、装備しているイングリットを焼くことはなく、触れた商人にのみ牙を剥いた。あまりの熱さに商人は倒れ、のたうち回っている。

『汚い手で俺様に触れよって！』

　フランベルジュは吐き捨てるように言った。

「エル、行くぞ」

「う、うん」

　イングリットはエルの肩を抱き、商店街の人込みの中を割って進む。人が少ない所で、フランベルジュを魔法鞄の中にしのばせた。勝手に触られて怒り心頭のフランベルジュには、しばらく、冷静になる時間も必要だろう。

　やっとのことで、大迷宮の入り口に到着する。そこには冒険者の長蛇の列ができており、最後尾は外だった。

「これもいつもの光景だな。だいたい、一時間で中に入れるだろう」

「わ、すごいね」

「そうなんだ」

列に並ぶ冒険者は、剣士だったり、魔法使いだったりと、さまざまな職業の者たちである。中には、鞭を持ち魔物を従えた魔物使いの姿もあった。

「ねえ、君たち、ちょっといいかい？」

振り返ると、剣士と魔法使いの恰好をした若い男性が二人組で立っていた。年の頃は二十歳前後か。装備品に使い慣れた様子はなく、場慣れ感もなかった。ソワソワと落ち着きがないので、初めて大迷宮にやってきたという雰囲気であった。エルは先ほどまでの自分に当てはめ、おそらくそうであろうと予想する。

「もしかして、二人だけのパーティーなの？」

『ぎゃうぎゃう！（私とフランベルジュ、ヨヨもいるよ！）』

プロクスが鞄の中から鳴いたが、姿は見えないので二人組の冒険者は怪訝な表情となる。

「今、何かの鳴き声が聞こえた？」

「なんか、トカゲみたいな生き物の声」

「気のせいだろう」

イングリットがそう答える間、エルはプロクスを大人しくさせるため、魔法鞄を一生懸命撫でていた。

「それで、なんの用だ？」

「よかったら、一緒にパーティーを組まない？　お姉さんは、弓士だろう？　俺は剣士で、こっちは魔法使い。相性いいと思うけれどなあ。お嬢ちゃんはもしかして、回復士？　だったら嬉しいな」

「悪いが、私たちは誰かと行動を共にする気はない」

「無理しないほうがいいって」

「無理はしていない。自分たちの実力もわかっているつもりだ」

　イングリットのまとう空気が、チリチリと熱くなる。エルはイングリットの手を握り、落ち着くように言った。その時、強い風が吹き、イングリットが被っていた頭巾が外れる。

　すると、エルフの耳が露わとなった。

「ヒイ！　ダークエルフ！」

「な、なんで、ダークエルフがここに⁉」

　二人がイングリットの顔を見て驚愕する。騒ぎを聞きつけた周囲の注目を集めてしまった。ダークエルフの存在に気付くと、列に並んでいた人々は蜘蛛の子を散らすように、バラバラになった。

「エル、すまない」

「ううん、いいよ。先に進もう」

「ああ、そうだな」

　イングリットの話によれば、先ほどの冒険者は、初心者を装って女性二人でいる冒険者を狙う手口らしい。ギルドで注意喚起があったので、イングリットは不機嫌になっていたようだ。

『あの男、エルをいやらしい目で見ていた』

「え？」

「猫くんも気付いていたか」

『うん。砂かけようと思っていたけれど、逃げちゃったね』

「私の耳を見てな」

イングリットは言った。「ダークエルフの長い耳も、たまには役に立つ」、と。おかげさまで、予定よりも早く大迷宮の中に入れることとなった。

神殿に似た建物は、入ってすぐ迷宮というわけではなかった。中は大広間となっており大迷宮へ続く行列が繋がっている他、食べ物を出す売店があったり、小規模なギルドがあったりと、ちょっとした商業施設のようだった。

「ここにあるアイテム屋は、どれも正規店だ。もしも何か必要な場合は、ここで買うといい」

イングリットのオススメは、大迷宮名物『迷宮麺（めいきゅうめん）』だそうだ。トロトロになるまで煮込まれた角煮がどんと載った、豚骨出汁（だし）の麺なのだとか。

「ちょっと小腹が空いたから、食べてから行くか？」

「おいしそう、かも」

「うん！」

迷宮の入場列に並ぶ前に、『迷宮麺』の店を目指す。

「あまりのおいしさに、迷宮麺だけを食べに来る冒険者もいるらしい」

「そうなんだ」

「私も半信半疑で食べに行ったら、本当においしくて」

そんなことを話していたら、入場の行列と同じくらい、ずらりと並んだ人々の姿が見えた。

「イングリット、もしかして、あの行列が迷宮麺のお店？」

「そうだな。今日は、一段と多い」

エルとイングリットは最後尾に並ぶ。店の回転率はいいようで、十分ほどで入ることができた。

中はカウンター席が十個、四人掛けのテーブル席が六と、そこまで広いわけではない。二人はカウンター席の端に通される。イングリットが、注文してくれた。

「迷宮麺を二つと、スライム肉団子を一つ」

「まいど」

イングリットは不思議な物を注文した。

「ねえ、イングリット。スライム肉団子って、何？」

「討伐したスライムを加工した薄い生地に、肉団子を包んだ料理だ。これも、けっこう美味い」

「スライム……？」

「きちんと浄化して魔力を抜いたスライムだから、安心して食べるといい。ほら、ここの店は魔法省の許可をきちんと取っている、安全店だ」

イングリットが指さした先には、鷹獅子をモチーフにした紋章と、『魔法省監査済み・安全保証』と書かれた札が貼ってあった。通常、魔物喰いは禁忌とされている。魔物が保有する魔力は人の数十倍という研究結果が出ており、人体では受け止めきれず、最悪死んでしまうからだ。また、魔物の肉を食べた者が奇行に走る事例も多く報告されていることから、魔物喰いは罪となった。

だが、法律が定められてから数百年後、魔物の加工についての技術が進歩したことで、そうした規制は緩和された。以前は、装備品に使うことすら禁じられていたが、今では魔物の骨や牙から作ったナイフや鎧などが出回るようになった。

　魔力を抜きさえすれば、魔物食についても、認められつつあるという。

「スライムはもともと魔力が低かったから、食材に加工しやすかったんだろうな」

「ふーん」

　そんなことを話しているうちに、迷宮麺とスライム肉団子が運ばれてくる。

「わっ、おいしそう！」

　大きな深皿に、麺が見えないほどの角煮が敷き詰められていた。続けて、スライム肉団子も置かれる。皿の上に、一口大の肉団子が六つあった。一見、ただの肉団子に見える。しかし、よくよく見たら、表面に薄い膜が張っていた。

「エル、いいか？　これは、半分に囓って食べようだなんて考えてはいけない」

「それはどうして？」

「どわっ!!」

　斜め前に座る、大剣を背負った冒険者が悲鳴を上げた。おちょぼ口だったからか、スライム肉団子を半分囓ったらしい。その結果、膜が破裂し、中に閉じ込められていた肉汁が破裂したようだ。口回りはおろか、テーブルも肉汁まみれにしてしまう。

「ああなる」

「なるほど。一口で食べて、口の中で破裂させるんだね」

「その通りだ。フォークに突き刺すのも厳禁だからな。この話をして、齧らなければ大丈夫と思い、フォークで突き刺して破裂させる奴が必ずいるんだ」

「了解」

エルは匙で スライム肉団子を掬う。くんくんと匂いをかいでみたが、何も感じなかった。スライムは森の中で何度か見かけたことがある。石を投げつけただけで死んでしまう弱い個体から、人間をも呑み込んで成長する危険な個体もいた。いくらスライムといっても侮るな、というのがモーリッツの教えであった。ドキドキしながら、エルはスライム肉団子を頬張る。そして、勇気を出して噛んだ。プツンと、口の中でスライムの膜が弾けた。同時に、肉汁がじゅわ～っと溢れてくる。

スープを飲んだと錯覚するほどの量の肉汁だった。

スライムはすぐに溶けてなくなり、肉団子の旨味のみが残った。

「何、これ。おいしい！」

「だろう？」

スライムがこのような面白い形で利用されているなんて、エルは初めて知った。まだまだこの世には、興味深い物がたくさんあるのだと実感する。続けて、迷宮麺も食べた。

「エル、これはな、麺が一本に繋がっているんだ」

「あ……本当だ」

大迷宮のように、どこまでも長い麺らしい。まず、自慢の角煮を食べてみる。

「んっ……！」

肉は軟らかくなるまで煮込まれ、脂身はぷるぷるでほのかに甘い。よく噛まずとも、舌の上で溶けてなくなるようだった。麺はもちもちつるんという食感だった。麺の生地にも、スライムが使われているらしい。大迷宮で毎日のように討伐されているスライムをふんだんに使った、まさしく大迷宮グルメなのだろう。

エルはイングリットと共に、迷宮の名物と初めて食べるスライム料理を堪能した。


食べ終えたあと、二人は大迷宮へ続く列に並んだが、そこまで時間がかかることなく中へ入ることができた。ところが、通された部屋には入り口はなく、発光する魔法陣があるだけだ。

「あれ、なんで？」

「転移魔法で、別々の場所に飛ばしているんだ。でないと、大勢の冒険者が同じ場所から出発することになって、渋滞を起こすだろう？」

「あ、そっか」

フランベルジュはぶんぶん回転し、準備運動していた。それを見たプロクスはエルの鞄の中から飛び出し、フッと炎の吐息を吐き出す。

「おうおう、みんな、やる気だな」

「狭い部屋でそんなことしたら危ないから」

エルが注意すると、フランベルジュとプロクスは大人しくなる。

「この先は魔物が出る危険な迷宮だ。各々（おのおの）、心して行くように」

大迷宮攻略の経験者であるイングリットの言葉に、各々返事をする。

『ぎゃう〜〜〜（は〜〜い）』

『承知した』

「わかった」

『了解』

「返事の息が合わないのは気になるが、まあいい。行くぞ！」

同時に魔法陣に乗ると、部屋の中は光で包まれる。景色が回転し、薄暗い迷宮の中に降り立った。

じめじめしていて、物音が反響する。第一層は洞窟のような場所らしい。エルはすぐさま、魔法で光球を作り出す。

「全員、いるな？」

『ぎゃう！（いるよ！）』

「うん、いる」

『おるぞ！』

『いますー』

「やっぱり息がバラバラだな。よし、気にせずに、行くぞ」

イングリットは何度か通っているため、第一層の地図はだいたい頭に入っているらしい。

「現在地がどこか、わかるの？」

「まあ、だいたいな」

第一層は初心者でも攻略できるようになっている。魔物との遭遇頻度は低く、取得できるアイテムや素材も多い。

「おっ、これはヒール薬草だな」

ヒール薬草――調合師が煎じたら、傷を治すポーションを作ることができるものだ。

「へえ、ヒール薬草が生えているんだ」

「低位の物だがな」

「あ、本当だ」

「エル、わかるのか？」

「うん、先生に習ったから」

「何回も言うけれど、エルの先生は何者なんだ……!?」

「ただのお爺さんだって」

「いやいや、ありえないから」

エルは鞄の中から調合用の瓶を取り出し、ヒール薬草と魔力水を入れてふるふると左右に振る。

すると、瓶の中の液体が光った。低位ポーションの完成である。

「うん、やっぱりこんなものか」

「エルサン、ちょっと待って。何、それ？」

「低位ポーション」

「違う、違う。今、どうやってポーション作ったんだ？」

「先生に作ってもらった、ポーション用の作成瓶だけれど」

「何その、チートな調合道具は!?」

「わたしが構造を考えて、先生に作ってもらったの」

「はあ!?」

イングリットの驚愕の声が迷宮内にこだまする。通常、ポーションは、ヒール薬草を蒸留させ有効成分を取り出し、魔力水と融合できる温度に合わせたヒール薬草の精油を混ぜ、数日寝かせたのちに完成する。調合師が温度調節に苦労しながら時間をかけて作るポーションを、エルは数秒で作ってみせたのだ。

「これ、先生の技術があって初めて作れる物だから、割れたらお終い」

「でも、構造はエルが考えたんだろう？」

「うん。あ、イングリットなら、作れるかもね。でも、量産しないほうがいいかも。調合師の人たちの仕事を奪ってしまうし」

「確かに、それは市場に出さないほうがいい。ポーションの価格が崩壊するだろう」

「だよね」

　エルは完成したばかりのポーションを瓶に注ぎ、イングリットに差し出した。

「イングリット、これ、あげる」

「いいのか？」

「うん。ポーションだったら、他に持っているし。必要だったら、言ってね」

　エルは鞄の中のポーションをイングリットに見せた。

「なっ、これは、高位ポーションばかりじゃないか！」

「森に自生していたヒール薬草で作ったポーションなんだけれど」

「エルが住んでいた森は一体……？」

「まあ、妖精とかが棲んでいるくらいだから、普通の森ではなかったと思うけれど」

　辺境にあり、村人も奥深くまで入ってこなかったので、薬草が育ちやすい環境にあったのだろう。

「じゃあ、ありがたくもらっておく」

「それに、誰かが怪我したら回復魔法で治すし。ポーション飲むより、そっちのほうが早いから」

「そうか、エルはリザレクションも使えるんだったな……。それにしてもエルサンよ、普通ならそんなもの、聖女級の魔法使いしか使えないんだからな？」

「でも、先生の本を読んだら覚えられた」

「だから、エルも先生も何者なんだ⁉」

頭を抱え叫んだイングリットだったが、一瞬にして真顔になる。

「うん、全部、聞かなかったことにしよう。エルは、ごくごく普通の、可愛い女の子」

「可愛いって、わたしが？」

「聖女より可愛いに反応するんかい。まあ、いい。いや、ぜんぜんよくないけれど。先に進むぞ」

大迷宮の攻略が、始まる。

「あ、そうだ。エル、これを渡しておく」

イングリットが差し出してきたのは、呪文が描かれている札だ。

「イングリット、これは？」

「迷宮脱出札だ。これを破ると、入り口に戻ることができる」

「へえ。便利な物があるんだ」

迷宮には数ヶ所、地上に戻る転移陣が設置されているが、当然危機に陥った際にそれを探している余裕などない。この札は魔物との戦闘で深手を負った場合など、緊急時に使えるアイテムである。

「ねえ、イングリット。これ、けっこう高いんじゃないの？」

「命を落とすことに比べたら、安い物さ。大迷宮は下の層に行けば行くほど、強力な魔物と出遭う。

危ないと感じたら、すぐに撤退するぞ」

「うん、わかった」

今度こそ、大迷宮第一層の攻略を始める。

早速、角から魔物が飛び出してきた。半透明でゼリー状の球体、スライムである。エルはすかさず、火の魔石を構えたが――プロクスが炎のブレスを吐き出すほうが速かった。スライムは炎上し、息絶える。が、それにまさかの追撃を敢行する存在がいた。フランベルジュである。

『炎帝旋風剣!!』

フランベルジュが一回転すると炎の竜巻が発生し、絶命していたスライムをさらに炎上させ無に帰した。明らかなオーバーキル状態に、イングリットがツッコんだ。

「おいおいおい！　やりすぎだ！　こんな閉鎖された空間でガンガン火力出しやがって。空気なくなって窒息するぞ！」

エルが言いたかったことを、イングリットは一息で言い切った。見事なツッコミに、エルは「イングリット、すごい」と絶賛しながら拍手する。

「それに、スライムからは魔石バイク造りに必要な素材が採れるから、存在が消し飛ぶほどの力で殺すのは勘弁してくれ」

野生のスライムから採取できるのは、増粘剤と呼ばれるものだ。主に工業用の接着剤として利用されている。ここ数年は、食品や化粧品、薬などにも使えないかと、研究が進んでいるらしい。

その後、何体かのスライムと遭遇したが、今度はプロクスとフランベルジュが物理的な攻撃で倒していた。おかげで、増粘剤を得ることができた。

「なんか、わたしたちの出番はないかも」

「だな」

イングリットは第一層の宝箱の位置も把握していた。

「この先を曲がった先が行き止まりなんだが、宝箱がある」

言われた通り進むと、長方形の木箱が置かれていた。鍵穴はあるが、鍵はかかっていないらしい。

「宝箱魔物の可能性があるから、かならず一撃与えてから開けるんだ」

イングリットはその辺で石を拾い、宝箱目がけて投げる。見事命中した。

「魔物だったら、一撃喰らった瞬間に牙を剝く。あれは大丈夫みたいだ」

「中身は何か入っているの？」

「ああ。あれは大迷宮の主が管理していて、ランダムに選ばれた道具が出てくる仕組みらしい」

「大迷宮に、管理人がいるの？」

「どこの誰かというのは、明らかにされていないがな」

「迷宮を管理することによって、何か利益があるってこと？」

「まあ、そうだな」

大迷宮の管理人は、神に近い存在とも言われているらしい。でないと、これだけ巨大な迷宮の管理なんて務まらない。さまざまな種類の魔物が出現することから、各地の魔物を迷宮に転移させて、冒険者に殺させる目的があるとか、冒険者の持つ金や装備を得るためだとか、迷宮に人が出入りすることによって魔力を奪っているとか、さまざまな憶測が行き交っているようだ。

「この層のアイテムは、毒消し草か低位ポーションのどちらかだな。エル、開けてみるか？」

「うん」

エルは宝箱の前にしゃがみ込み、そっと蓋を開く。

「――え？」

「ん？」

宝箱の中から出てきたのは、毒針だった。イングリットはアイテムを見て驚愕する。

「それは、下の層に行かないと手に入らない、わりと貴重なアイテムだぞ」

「な、なんで？」

その疑問に、ヨヨが答える。

『エルの幸運値が高いから、貴重なアイテムを引き当てたんじゃない？』

「幸運値、か。そうかもしれないな」

「ヨヨ、幸運値って何？」

『意味もなくツイてることを数値化したもの、かな。イングリット、合ってる？』

「まあ、そんな感じだ」

幸運値は人間には見えないさまざまな数値の一つで、数値が高いと、稀少なアイテムを発見したり、攻撃を受けても深手を負わなかったりするらしい。エルは「そうだったんだ」を感心した。

「これから、宝箱はエルに開けてもらおう」

「ただ、今回だけ運がよかった可能性もあるけれど」

エルはそう謙遜（けんそん）したが――その後もエルは宝箱を見つけるたび、第一層であるのにも拘（かかわ）らず、次々と貴重なアイテムを引き当てた。

「ルビーナイフに、邪気守り、迷宮脱出札……だと!?」

イングリットは頭を抱え、ありえないと呟いた。どうやらエルは、とんでもなく運がいいらしい。いまいち自覚はないものの、アイテムはありがたくいただいた。


低位魔物であるスライムをオーバーキル気味に倒しつつ、一行は大迷宮を進んでいた。

「あんなにたくさんの冒険者が大迷宮に入っていったのに、ぜんぜん会わないね」

「それだけ大迷宮が広いんだよ」

「そっか」

半透明のスライムが飛び出してくる。すぐさまプロクスが爪先で引っ掻いて一撃与え、フランベルジュが上から突き刺す。液体状になったスライムから、エルは増粘剤を採取した。

イングリットは迷いのない足取りで進む。突き当たった先に、扉があった。

「ここが、第一層の親玉がいる部屋だ」

「親玉って？」

「第一層に出るどんな魔物よりも強力な存在だ」

「へー、そうなんだ」

「ここでは、巨大スライムが出る。図体がでかくて驚くかもしれないが、動きはそこまで速くない。危ないと思ったら、この場所に戻ればいい。深追いすることはないから」

「親切設計なんだね」

「第一層はな。どの層も、親玉を倒さないと下の層に進めない。これが、大迷宮攻略の難しい所だ」

「無理はしないようにしよう」

『命は大事に、ってわけだね』

ヨヨの言葉に、イングリットは深々と頷いた。

「準備はいいか？」

「うん」

『ぎゃう！（問題なし！）』

『いつでも行ける』

『いーよ』

「やっぱり、息合わないな」

イングリットは苦笑しつつ、扉を開いた。内部は天井が高く、大迷宮のエントランスよりも広い。今まで洞窟のような場所が続いたが、親玉と戦う場所は大理石でできており、一面真っ白だった。

第一層の親玉は、巨大スライム――のはずだった。

「なんだこりゃ!?」

イングリットは待ち構える親玉を見て、叫んだ。スライムであることに間違いはない。問題は、いつも冒険者を待ち構える巨大スライムではないということだ。

一行を待ち構えていたのは、サイズは普通ながら、金色の体色を持ったスライムだった。明らかに、普通のスライムとは目付きや威圧感が違う。

「な、何、あれ？　あんな色のスライム、見たことがない」

『エル、あれは、固有魔物（ユニーク・モンスター）だ』

固有魔物とは、他の魔物とは違う特異な存在である。以前戦った属性付きのオーガのように、通常の個体に比べて強力な戦闘能力を持っているのだ。

エルは金色のスライムと視線が交わったような気がして、自らの肩を抱く。

「イングリット、大迷宮って、魔物もダンジョンマスターが管理しているの？」

「そうだな」

「ということは、ダンジョンマスターがわたしを見て、珍しいアイテムや魔物を出しているってことになるのかも」

「ああ、そういう考えもできるな。なあエル、ダンジョンマスターに心当たりは？」

「ない」

「だよな」

『おい、おしゃべりはそこまでだ。来るぞ！』

フランベルジュが剣身を発火させながら叫んだ。

スライムはポンポンとその場で跳ねると、弾丸のように飛んでくる。目指すのは、エルだ。プロクスがエルの前に飛び上がり、小さな翼をはためかせて飛ぶと、金色のスライムにアッパーパンチを入れた。

――ガツン!!

と、硬い金属音が鳴る。攻撃が効いているようには見えなかった。

「なんだ、あいつ。金属みたいに硬いスライムってことかよ」

「嘘みたい。動いているときは、ぷるぷるで軟らかそうなのに」

弧を描き、飛んでいった金色のスライムであるが、地面に落ちてもダメージはないようで、今度は、プロクス目がけて飛んでくる。イングリットは魔法矢を番え、すぐに放った。矢の前に魔法陣が浮かび、ボッと音を立てて鏃に火が点る。イングリットはただ射ったのではない。金色のスライムの動きを想定して射ったのだ。見事、矢は金色のスライムに当たったが——やはり、弾かれる。

金色のスライムはイングリット目がけて飛び出してきたが、フランベルジュが回転しつつ飛んで衝突し、攻撃の軌道を逸らす。金色のスライムはダメージを受けることなく、ぽんぽんと跳ねながら転がっていた。

「ま、貫通するわけないわな。竜の一撃も弾いたんだから」

「イングリット、あれが、金属製のスライムだったら火属性の攻撃じゃなくて」

「炎だな」

金の融点は約千度。普通の火魔法では、物理攻撃のように弾かれてしまう。

すぐさま、イングリットが指示を出す。

「私が攻撃して隙を作る。その間に、エルかプロクス、フランベルジュの誰かが炎を金色のスライムにぶち込め！　猫くんは応援よろしく！」

『あ、僕にも指示を出してくれて、ありがとうね。とりあえず、みんな、頑張れー』

イングリットは魔法を付加していない矢を番え、金色のスライム目がけて射った。矢は額と思しき場所に当たったが、すぐに弾かれる。体勢を崩した瞬間に、プロクスが金色のスライム目がけて炎のブレスを吐き出した。金色のスライムは棒状と化し、ブレスを避ける。

「クソ、致命傷になる攻撃は避けるか」

続けてフランベルジュが必殺技を繰り出す。

『炎帝旋風剣!!』

巻き上がった炎からも、金色のスライムは素早く回避していた。イングリットは回避した金色のスライムに矢を射る。命中したが、貫通することはない。矢はあっけなく弾かれる。

今度はエルが、炎の魔石を放った。金色のスライムは回避行動を取ったが、イングリットが矢を放ち、炎の魔石の軌道を修正した。見事、炎の魔石は金色のスライムに当たり、発火する。

ドン！　という音を立てて爆ぜ、スライムは液体と化した。輝く黄金が、地面に広がっている。

「イングリット、あれ、魔石バイクの素材に使えるんじゃない？」

「んん？　あっ、そうだな。うん。これならば、使えそうだ」

「イングリット、ちょっと目的忘れていたでしょう？」

「まあ……な」

イングリットが商会から依頼を受け、考えた『魔石バイク』は、魔石に込められた魔力に長期にわたって耐えうる力を持つ素材が必要だった。それを、大迷宮に探しに来たのだ。ここに辿り着くまでいろいろあったので、イングリットはすっかり失念していたらしい。

「でもこれ、どうやって採取するんだ？　なんか、熱そうだな」

「熱い、かもね」

ここで、プロクスが一歩前に出て、胸を拳でドン！　と打つ。

『ぎゃう、ぎゃーう（私に任せて）』

「あ、そうか。プロクスは火竜だから、熱いの平気か」

『ぎゃう！』

耐魔力の魔法が付加された瓶をプロクスに手渡す。器用に蓋を開き、フランベルジュを握った。

『む⁉』

液体化した黄金を、フランベルジュの剣先で掻き出し、瓶の中へと入れていた。

『なっ、何をする⁉』

『ぎゃう、ぎゃう、ぎゃう（少しの間だから、大人しくしていて）』

『ぐ、ぐぬう！』

プロクスとフランベルジュの力関係が、明らかとなった瞬間であった。

金をすべて瓶に入れ、受け取ったエルは魔法鞄の中にしまう。

一息ついた瞬間、赤と青、二つの魔法陣が浮き上がった。

「イングリット、あれは？」

「青いほうが地上に戻る魔法陣で、赤いほうが下の層へ行くものだ」

「だったら、赤いほうだね」

「行くか」

一行は赤い魔法陣に乗り、第二層へ挑む。


第二層は石造りの、いかにも迷宮といった造りになっていた。転移早々、魔物に襲われる。

『オオオオ‼』

棍棒（こんぼう）を振り上げ、駆けてくるのは緑色の肌にぎょろりとした目を持つゴブリンだ。

背はエルよりも小さく、動きも速くない。イングリットは矢を素早く射る。胸に命中した瞬間、魔法が発動する。ボッと鈍い音を立て、青い血が辺りに飛び散る。ゴブリンは一撃で絶命した。取得アイテムは、ゴブリンの棍棒と腰布。どちらも、血まみれである。そうでなくても、ゴブリンの肌は粘着質で、表皮がベトベトしていた。臭いもきつい。あまり、持ち帰りたい品ではなかった。

「イングリット、これ、どうする？」

「特に必要ない物だから、そのままにしておこう。必要な冒険者が回収するだろうし」

「そうだね」

先へと進むことにした。

ゴブリンはスライムよりも賢い。あの手この手と知恵を働かせ、襲いかかってくる。先ほどは、地面に毒がまき散らされていた。ヨヨが気付いたので、毒に当てられずに済んだ。妖精族であるヨヨがいれば、このように罠の回避はたやすい。

「ここ、第二層とは思えないくらい、大変だね」

「私も思った。もしかしたら、冒険者の人数やレベルなどで、ダンジョンマスターが難易度を変えているのかもしれない」

イングリットが一人で攻略したときよりも、ゴブリンは手強くなっているようだ。

「ダンジョンマスターがそこまで細かに管理しているとは、思わなかったな」

「うん。本当に、ここは不思議な場所だね」

エルの投石器を握る手が、ブルブルと震えている。額にも、冷や汗が滲んでいた。

「エル、もしも危険だと感じたときは、迷宮脱出札を使おう」

「そうだね。それがいい」

安心させるためか、イングリットはエルの頭をぐりぐり撫でる。ザワザワしていた心は、すっと軽くなっていった。イングリットは後頭部を掻きながらぼやく。第二層でこんなにハラハラするなんて、ありえないと。

不意に、ヨヨの尻尾がぶわりと膨らんだ。悪意を察知したのだ。すぐに叫んで知らせる。

『大変だ。前後から、ゴブリンの群れが！』

「なんだと!?」

すぐさま、イングリットは指示を飛ばす。

「プロクスとエルは後方、私とフランベルジュは前方のゴブリンを倒す。ヨヨは何か気付いたら教えてくれ」

『了解！』

プロクスも危機を察したのか、小さな竜の姿から、成人男性くらいの大きさへ変化する。低い声で『ぎゃ――――う！（卑怯な奴め！）』と叫んだ。

『前方、後方、それぞれ数は五！　油断しないでね』

まだ、ゴブリンの姿は見えない。しかし、暗闇の中からキラリと輝く何かが見えた。

「あれは、矢!?」

ヒュンと音を立てて、飛んでくる。プロクスはすかさず、小さな炎のブレスを吐き出して矢を炭と化した。

「イングリット、ゴブリンの中に弓士がいる」

「厄介だな」

『心配するでない。俺様がすべて、へし折ってくれる！』

　イングリットのほうにも矢が飛んできたようだが、フランベルジュが斬り落とす。ようやく、ゴブリンの姿が見えた。棍棒を持つ、典型的なゴブリンが二体。エルは雷の魔石を飛ばし、ゴブリンの額に当てることに成功した。その粘着質な肌から、隣を併走していたゴブリンにまで感電させていた。

「あっ、また矢が！」

　一気に、二体葬ることに成功する。残りの三体はまだ姿が見えない。

『ぎゃう（任せて）』

　二本続けて矢が飛んでくる。プロクスはブレスで焼き尽くした。ホッとしたのも束の間、プロクスの前に、魔法陣が浮かび上がる。風魔法『ウィンドカッター』が発動された。

『ぎゃう!!（い、痛い!!）』

　姿を見せないゴブリンの中に、魔法使いがいたようだ。

「イングリット、魔法使いのゴブリンがいる！」

「なんだって!?」

　イングリットのほうも、前衛のゴブリン二体を倒したばかりのようだ。魔法を喰らったプロクスは、無傷だった。竜の鱗（うろこ）は頑丈なので、当たり前だろう。

　暗闇からの不意打ちの魔法は悔しかったようで、プロクスはジタバタと地団駄（じだんだ）を踏んでいた。

『ぎゅるるるう！』

　いつもと異なる鳴き声を上げた。契約を結んだエルは言葉を解することができるはずなのに、理解できなかった。次の瞬間、遠くのほうで、赤い光がチカリと瞬く。間を置かず、炎が噴出した。

「あれは、イラプション⁉」

プロクスが発動させたのは、大地を沸騰させ、炎を噴出する高位魔法である。ゴブリンのものと思しき断末魔の叫びがこだましていた。ヨヨが小さな声で、エルに教えてくれる。

『今ので、プロクス側のゴブリンは全滅』

「あ、そう」

プロクスを怒らせたことにより、一瞬でケリが付いてしまった。一気に殲滅できてスッキリしたプロクスは、小さな姿に戻る。一方、フランベルジュ側はというと――。

「あれ、イングリット、フランベルジュは？」

「旋回しながら、ゴブリンのほうへ飛んでいったが」

こちらからも、ゴブリンの断末魔が聞こえる。バシャ、ベチャという、なんの音か想像したくないものも聞こえてきた。

「あれだよね、フランベルジュ。くるくる回転したまま、ゴブリンのほうに突っ込んでいって……」

「エル、もう言うな」

案の定、ゴブリンの緑色の血にまみれたフランベルジュが戻ってきた。

『俺様が、全部倒してきたぞ！』

「ぎゃあ！　こっち寄るな！」

「すごい臭い。ちょっと待って、フランベルジュ。きれいにしてあげるから」

エルは風と水の魔石を取り出し、小さな竜巻に水を含んだものを作ってフランベルジュに付着したゴブリンの血を洗い流す。

それだけでは臭いまで落ちないので、薬草石鹸も使い徹底的にきれいにした。

「エルの魔石は、本当に役に立つな」

「でしょう？」

だが、それとは別の問題が生じた。フランベルジュが倒したゴブリンは、進行方向のものだった。

「つまり、これからバラバラになったゴブリンを乗り越えていかなきゃいけないのかよ」

「最悪」

『わかった。俺様が先に行って、燃やしてくるから』

「いや、これ以上火を使ったら、空気が薄くならないか？」

「あ、そうかも。やめたほうがいいね」

『エルの氷の魔石で凍らせたら？　見えることに変わりはないけれど、臭いやねちょねちょ感は軽減できるような気がする』

「いいかも」

ヨヨの意見を採用し、エルは進行方向に氷の魔石を投げつけた。パキパキ、パキパキと音が鳴る。

しばらくして様子を見に行ったフランベルジュの話によると、しっかり氷結したらしい。

「猫くん、抱っこしてあげよう。氷の上を肉球で歩くのは辛いだろう？」

『あ、どうも。では、お言葉に甘えて』

家猫よりも一回り大きいヨヨを、イングリットは片手で持ち上げていた。

「プロクスは鞄の中に入っておく？」

『ぎゃう！（平気！）』

「そう」

覚悟を決め、先へと進む。

「エル、氷で転ばないように、気を付けろよ」

「たぶん大丈夫」

「不安な答えだな。ほら」

イングリットが差し出した手を、エルはぎゅっと握った。魔法で作った光球で照らすと、一面氷結状態であることがわかった。氷の上に足を踏み入れると、ギシッと音が鳴る。霜が降りたような状態となっていた。冒険用の靴は、氷の上も滑らずに進む。非常に便利な品だった。時折転がっている氷塊は、フランベルジュがバラバラにしたゴブリンだろう。なるべく見ないように進んでいたのに、何かを踏んでしまった。

「きゃあ！」

「エル、どうかしたのか？」

「何か、踏んだ。たぶん、ゴブリンの欠片」

『ぎゃう～？（何かな～？）』

『ぎゃう！（杖だ！）』

あろうことか、プロクスはエルが踏んだ物体を持ち上げた。

「え、杖？」

「なんだ、これ」

プロクスから杖を受け取ったイングリットは、目を見張っている。

「イングリット、それ、何？」

「世界樹から作った柄に、虹色水晶が付いた、上位魔法使いが使うようなとびきり上等な杖だ。天災レベルの魔法が発動されてもおかしくない。これを使った魔法を喰らっていたら、大変なことになっていたぞ」

「な、なんでゴブリンが、そんな物を持っているの？」

「冒険者から奪ったとしか思えないだろう。魔法の使い手は、接近されたら終わりだからな。低位魔物といえど、歯が立たない」

「そっか」

フランベルジュが思い切って倒してくれたおかげで、一行は難を逃れていたようだ。

「フランベルジュ、ありがとう」

『いいってことよ』

フランベルジュは剣身を斜めにしながら言う。胸を張っているように見えた。

「この杖、どうする？　貴重品だったら、持ち主に届けたほうがいいの？」

「いや、迷宮で拾った物は、好きにしていい決まりなんだ。エルが装備するといい」

「うん。でも、天災レベルの魔法を使うときってある？」

「ないな」

もしも、他のゴブリンが拾えば、大変なことになる。このままエルが持っておくことにした。

「持ち歩くのは大変だから、魔法鞄に入れたいけれど――一度洗いたい」

ゴブリンが使っていた品である。エルがそう主張したので、開けた場所で杖を洗うことになった。

『なんていうか、エルって潔癖症だよね』

「ゴブリン相手だったら、誰だってこうなるから」

杖がきれいになったところで、迷宮の攻略を再開する。行き当たった先に、親玉が待つ部屋があった。

「ねえ、イングリット、そろそろお腹空かない？」

「そういえば、そうだな」

「親玉を倒すのは、食事を取ってからにしよう」

「それがいい」

エルは周辺を、水と風の魔石に加え、炎の魔石を使って洗う。煮沸消毒である。

「エル、そこまでする必要あるか？　別に、ここは汚くないし、ゴブリン臭くもないが」

「でも、ゴブリンがここで、地面に座って飲み食いしていたかもしれないでしょう？」

「まあ、絶対にないとは言えないが」

「ゴブリンが使った場所をそのまま食事に使うなんて、ありえないから」

そう宣言し、エルは貴重な炎の魔石を使って食事の場をきれいにした。熱風に襲われるが、エルはなんのその。厳しい目を地面に向けていた。ヨヨはエルに、胡乱な視線を突き刺すように送る。

『いや、熱っ。毛皮のコート、今すぐ脱ぎたい』

「猫くん、しばしの我慢だ」

エルを止められる者は一人としていなかった。煮沸消毒が終わった地面を見たエルは、満足げに頷く。キラキラと輝く額の汗を拭っていた。そして、プロクスと共に敷物を広げる。

「手はこれで洗ってね」

桶に水の魔石を入れると、澄んだ水で満たされる。手を浸したイングリットは「あー冷たい」と呟きながら、薬草石鹸で手を洗っていた。

エルが鞄から取り出した弁当箱に入っているのは、朝に作った鶏肉のタルタルサンドである。

「おっ、美味そうだな」

「たくさん食べてね」

エルがそう言った瞬間、目の前の親玉の部屋へと続く扉がバン！　と勢いよく開かれた。

「ヒエエエエエ！！！！」

悲鳴を上げながら出てきたのは、緑色の粘着質な液体で全身がベタベタになった二十歳前後の女性である。エルの目が鋭くなり、素早く弁当箱の蓋を閉める。きれいにしたばかりであったが、ゴブリン特有の臭いで空間が満たされてしまった。

「今すぐ、煮沸消毒、しなきゃ」

魔石を構えたエルを、イングリットが制止する。

「オイオイ、エルサン、それ、炎の魔石。やめてあげて」

「た……助け……て……！」

ゴブリンの粘液でドロドロになった女性は、エルとイングリットに向かって手を伸ばす。

「エル、どうする？」

「とりあえず、きれいにする」

「そうだな」

水と火、風の魔石を用いて、女性に付着したゴブリンの粘液を洗い飛ばす。途中からナイフで削いだ薬草石鹸を加えた。ブクブク泡立ち、ゴブリンの臭いと汚れをどんどん取り除いていく。

全身きれいになったら、今度は風の魔石だけ使い、水分を吹き飛ばした。

地面に散らばったゴブリンの粘液も、魔石を使ってきれいな状態にする。

ようやく、女性の全貌が明らかとなった。

肩まである草色の髪をハーフアップにしており、常に微笑んでいるような細い目に眼鏡をかけている。全身を覆う魔法使いの外套を着込んでいたが、寸法はぶかぶかだ。冒険者にしては鞄も、装備品も持っていないようだ。

「助かりましたー。ゴブリンの粘液まみれにされたときは、死を覚悟していたのですが」

女性は額を地面に付けるような勢いで、平伏した。

「本当に、助かりました」

「それはいいとして。あんたさ、所持品を親玉の部屋に忘れてきたのか？」

「いえ、道具はすべて、ここに来るまでに落としてしまいました」

「は？」

「ゴブリンから逃げるために、必死で。気付いたら、手ぶらだったんですよ」

「よく、単独行動で、ここまで辿り着いたな」

「奇跡的でしたー」

なんとも緩い女性である。ただ、ヨヨが警戒していないので、悪い人ではないのだろう。エルはそんなことを考えつつ、女性を観察している。

「あなた、職業は？」

「調合師です。ここまでは、調合した爆弾で魔物を倒しつつ、やってきまして。でも、鞄をなくしたので、これ以上先には進めないですね！　あはは」

笑ったのと同時に、彼女のお腹がぐーっと鳴る。あまりにも大きな音だったので、壁に反響した。

「あの、食事、あるけれど、食べる？」

「いえ、そんな、悪いですよ」

遠慮するのと同時に、お腹も鳴った。無視できる腹の虫ではないだろう。

「たくさんあるから、食べていって。二人だけでは食べきれない量を作っているから」

「えっと、その、では、お言葉に甘えて」

女性を敷物の上に招き入れる。エルは再び、弁当の蓋を開いた。

「わっ、おいしそう」

「たくさん食べて」

「あ、ありがとうございます」

鶏肉のタルタルサンドの他に、ゆで卵や乾燥果物、野菜の酢漬けも出す。

「ああ、おいしい。こんなおいしい料理、久しぶりです！」

「よかった」

ゴブリンの臭いですっかり食欲が失せていたエルだったが、女性の見事な食べっぷりを見ていたら、なんだか食べたくなった。大きく口を開けて頬張る。鶏肉は軟らかく、なめらかな味わいのタルタルソースとよく合う。口の端に付いたソースを指先で拭い、イングリットがしたようにペロリと舐めた。

「うん、おいしくできてる」

「エルの料理は、相変わらず最高だな」

「イングリット、ありがとう」

一通り食事が終わってから、イングリットは女性に問いかける。なぜ、戦闘慣れしていない調合師が、たった一人で大迷宮に挑んでいるのかと。

「私、国王陛下に育毛剤を作るように命じられましてー」

「い、育毛剤？」

「はい。禿げた頭に塗布すると、死んだ毛根を刺激して、髪の毛がぐんぐん伸びるのですよー」

「お、おう……」

「いやー、なんか、額が広くなっているのが気になるみたいで。でも、男性はある程度年齢がいったら禿げるのですよー。大丈夫、みんなで禿げれば怖くない！　自分だけふさふさしていたら、カツラかと疑われます。禿げは成長です。大人になった証なんです、むしろ、結構禿げているほうが、渋いです、色気があります！　とお伝えしたのですが、どうしても毛根偽装……いえ、育毛したいとおっしゃっていまして」

女性は男性の毛について饒舌にまくしたてる。エルとイングリットは圧倒され、目を瞬かせることしかできなかった。

「育毛剤の材料は、入手困難で。特に、毛根の活動を活性化させるコンブ草は大迷宮にしか自生していません。私はすぐさま国王陛下に、育毛剤部隊を結成してほしいと懇願したのですが――育毛剤を作ることを、誰にも知られたくないとおっしゃって」

「おい、あんた。それ、私らに言っても大丈夫だったのか？」

「あ、大丈夫、ではないですね。あれ、あなた」

　女性は驚いた顔で、エルを見る。

「何？」

「あ、すみません。知り合いによく似ていたので。気のせいでした。こんなところに、いらっしゃるわけありませんし。えーっと、なんの話をしていたのか」

「育毛剤について、国王陛下が他言無用にしたと」

「あーはいはい。そうでした。そんなわけで、国王陛下が薄毛を気にして、育毛剤を作るよう頼んだことは、ここだけの話ということで」

「まあ、それはいいけどよ。あんた、どうするんだ？」

「このまま地上に戻ろうと思います。そもそも一人で育毛剤の素材探しなんて、無理なんです。国王陛下には、このまま禿げていただきます」

　エルとイングリットは顔を見合わせる。

「おい、どうする？」

「国王陛下の秘密を知った以上は、知らなかったふりはできないかと」

「そうだな。加えて、報酬をくれるのならば、連れていってもいいな」

「うん、報酬、大事」

話はすぐにまとまった。イングリットは女性に問いかける。

「おい、あんた、コンプ草探しに協力したら、報酬出せるか？」

「報酬は出せますが、悪いですよ。私、戦闘能力皆無(かいむ)ですし、空気読めないので、集団行動に向いていないんです！」

「安心しろ。私たちも集団行動に向いていないタイプだが、なんとかやっている」

「しかし――」

「国王陛下の毛根、助けよう？」

「うっ……！」

エルにそう説得され、女性は頷いた。

「申し遅れました。私は、国家錬金術師の、キャロル・レトルラインと申します」

「私はイングリットだ」

「わたしはエル。魔法使いだから、全名は名乗れない」

「あーはい。大丈夫です。イングリットさんに、エルさんですね。ふつつか者ですが、どうぞ、よろしくお願いいたします」

キャロルは三つ指を突いて、深々を頭と下げた。

「しかし、あんた、錬金術師だったんだな」

「はいー。お仕事関係以外の人には、調合師と名乗っています」

調合師の上位職が錬金術師なのだ。エリート中のエリートで、殆(ほとん)どが国家に仕える存在だという。

「育毛剤なんて、材料があったらちゃちゃっと作れるんです。材料について詳しい人が他にいればいいのですが、いないんですよねー」

　そのため貴重な薬品は、自分で採りに行くしかないという。

「ギルドに頼んでも、冒険者は薬草が本物か否かの判別はつかないですからね。鑑定師がいれば、話は別ですが」

　鑑定師というのは、アイテムの真贋(しんがん)を見抜く職業だ。特定のアイテムを探す依頼は、対象が珍しければ珍しいほど、報酬が高額になる。もちろん、苦労して持ち帰っても本物でなければ報酬は得られず無駄足となる。そのため、冒険者は鑑定師を連れて迷宮に潜る。ただ、鑑定師になるためには、多大な時間と金がかかる。故にその数は、錬金術師よりも少ないと言われているのだ。

「育毛剤は、コンブ草の他に必要な物はあるのか？」

「いいえ、他は手持ちの材料でなんとかなりそうです」

「じゃあ、コンブ草だけなんだな」

「はいー」

　かくして、国王陛下の毛根を助けるために、初対面の者同士が手と手を取り合い、コンブ草を探すことになった。

「国王陛下の毛根のため、頑張るぞ！」

　イングリットのかけ声に、プロクスとフランベルジュは『ふむ、協力してやる』『ぎゃうー（いいよー）』と、いつものことながら、息が合わない声を上げる。

　ヨヨも遅れて、『えいえいおー』と言っていた。

「ひえっ、竜と、喋(しゃべ)る剣と、妖精!?」

キャロルはプロクスとフランベルジュ、ヨヨの存在に気付いていなかったようだった。

「紹介してなかったな。こっちはプロクス。見ての通り火竜だ。こっちはフランベルジュ。剣の精霊だな。そして、猫くんは妖精だ」

「はは、ど、どうも。そういえば、イングリットさんは、よくよく見たらダークエルフなんですね」

「なんだと思っていたんだよ」

「親切な、お姉さん……？」

「間違いない」

エルの冷静な言葉に、イングリット以外の面々は笑った。

第二層の親玉に挑む前に、自分たちがどういった戦闘スタイルなのかをキャロルに説明しておく。

「私は魔弓師、エルは魔石師。プロクスは火竜で、ブレスや炎魔法を使う。フランベルジュは魔法剣、だな」

「はー。珍しいご職業ばかりで」

「キャロルは、錬金術で作った爆弾を投げるの？」

「ええ。素材さえあれば、すぐに作れるのですが」

「すぐに？」

エルは小首を傾げる。錬金術師は基本、工房で調合を行い、魔法を使いつつ薬品などを作る。完全に、室内で能力を発揮する職業なのだ。

「これは、ここだけのお話なのですが、私は手に素材を握っただけで、調合できるんです」

「え？」

「あんた、素手で薬品や爆薬を作れるのか？」

「はいー」

一体、どうやって作るのか。エルは思わず、疑いの目を向けてしまう。エルも調合について、少々の知識がある。面倒な工程を短縮できる術も知っているが、絶対に道具は必要だ。

「あの、どうやって、道具なしで……あ、ごめんなさい。言えるわけないよね」

「いえ、いいですよ。私の秘密を、教えます」

キャロルは手袋を取り、手のひらを見せた。

「なっ!?」

彼女の手のひらには、魔法陣が刻まれていた。それは、文字を書いたのではなく、皮膚を焼いて刻んでいるものだ。

「何か、薬草を持っていますか？」

「第一層で摘んだ、ヒール薬草なら」

エルが差し出したヒール薬草を、キャロルは受け取ったあと、両手で包むように握った。

すると、キャロルの手の中がパッと光る。そして、手を開くと、人差し指と親指を丸めたくらいの水の球が浮かんでいた。

「はい、中位ポーションの完成です！」

「中位ポーション!?　渡したのは、低位のヒール薬草だったんだけれど」

「あ、それ、祝福（ギフト）の力です。私が直接製作にかかわると、薬草のランクがアップするのですよ」

作ったポーションを球のまま自在に操り、直接口元へ運ぶこともできるらしい。プロクスの前に

飛ばしたら、嬉しそうにぱくんと食べていた。

『ぎゃーう！（元気になったよ！）』

エルには、プロクスの言葉に反応する余裕はなかった。目の前でヘラヘラと笑う女性は、とんでもない実力者だったのだ。

「イングリット、キャロルに比べたら、うちの先生は普通の人でしょう？」

「いや、混乱した頭の中では、どっちがすごいか判断できない」

エルにはもう一点、気になることがあったので、重ねて質問してみる。

「あの、ポーションを作るときは、魔力水が必要になるんだけれど、さっきは使っていないように見えたから、不思議で」

「ああ、それは、ここにあったので」

キャロルが「ここ」と指し示したのは、腹部であった。エルの頭上に、再び疑問符が躍る。

「え、どういう、こと？」

「私は体内に、アイテムボックスを持っているのですよ。口から含むことによって、ほぼ無限に貯蔵できるのです」

「毒草も、平気なの？」

「はいー」

「な、なんで、そんなことができるの？」

「祝福の力ですかね。ただ問題は、体内で調合できないことです。外に素材がある状態でないと、何も作れないのですよー」

イングリットは明後日の方向を見ながら、「理解の範疇を超えた」と呟いている。

「爆弾も、材料が手元にあったら作れますよ。でも、ここら辺ではなかなか見つからないですね」

「そ、そう」

「説明はこれくらいで、大丈夫ですか？」

「あなたのことはよく理解できた。何回も聞くけれど、わたしたちに喋って大丈夫だったの？」

「ええ。だって、エルさんは妖精を連れていますし、イングリットさんも妖精族ですし、絶対に悪い人じゃないです。話をしていても、信用に足る人物であると、感じています」

妖精はその性質から、三種類に大別できる。善い妖精と悪い妖精、それから善くもあり、悪くもある妖精が存在する。

ヨヨは典型的な善い妖精なのだと、キャロルは言い切った。ヨヨがくすぐったそうに声を上げる。

『なんだか、照れますなー』

「猫くん、謙遜しなくてもいい。猫くんはとても善い妖精だ」

『まあねー。エルのことをずっと、無償で見守っていたし』

「ヨヨ、今は契約しているでしょう？」

『そうだったね』

ずれた話を元に戻す。もう一つ、キャロルは特殊な能力があるらしい。それは、『アイテム・スロウ』と呼ばれるもので、投擲した物を狙った対象へ当てる補助をしてくれる効果があるのだとか。

「えーっとつまり、キャロルは投げた爆弾を、必ず敵に当てることができるってこと？」

「そうですね。まあ、今は手元に爆弾が一つもないのですが」

「わたしが持っているアイテムの中で、爆弾作りに使える品はあるかな」

エルは魔法鞄の中を探って、キャロルの前に並べた。

「どんぐりに、イガ栗、水吐フグ……」

「オイオイ、エルサン。なんだその、水吐フグってのは。生きているように見えるんだが？」

水吐フグというのは、球体の魚の形をした魔道具だ。イングリットの指摘通り、生きているように、上下左右に動いている。

「これ、先生からもらったの。頬を押すと、水が出る」

エルは水吐フグを手に持ち、左右から潰すように押した。

『オエェェェェェェェェ〜〜〜〜！！』

すると水吐フグは奇妙な鳴き声を上げながら、口から水を吐き出した。

『オエエエエエエエエ〜〜〜〜〜〜!!』

「飲料にもできるきれいな水を召喚する魔道具なんだけど、鳴き声と口から水を吐き出す様子が気持ち悪くて、ぜんぜん使っていなかったの」

「ちょっと待ってください！」

キャロルが水吐フグに食いつく。彼女は魔道具をじっと眺め、そして叫んだ。

「こ、これ、偉大なる大賢者の発明品では!?」

「偉大なる大賢者？」

「はい。我が国が誇る宝物のようなお方で、名をモーリッツ様と」

「モーリッツは……わたしの先生」

「やはり、お知り合いでしたか！　あの、私、モーリッツ様の行方を長年捜しているんです。いったい、どこにいらっしゃるのですか？」

「先生は……死んだ」

「なっ⁉　あ、あの、詳しい話を、聞かせてもらえませんか⁉」

モーリッツは国王の友人の一人で、国が誇る大賢者。長年行方を捜す者が複数いるほど重要な人物だった。けれど、エルにとっては、祖父であり、家族であり、先生。ただ、それだけだった。

モーリッツの死をきっかけに、エルの日常は崩れ去る。家を焼かれ、暮らしていた森を逃げるように去った。その日の記憶は、忘れていたわけではない。きつく、蓋をしていたのだ。イングリットが手を差し伸べてくれたおかげで、立ち直っていたのだが。

急に感情が溢れてくる。エルは頭を抱え、涙を流した。

「おい、錬金術師サマ、あんたの事情は知らないが、エルの事情に勝手に踏み込まないでもらえないか？」

イングリットはエルを、キャロルから守るように抱きしめながら言った。

「す、すみません。配慮に欠けた発言でした。その、許してください……」

「だ、大丈夫。わたしのほうこそ、取り乱して、ごめんなさい」

「いえ、そんな……悪いのは、私のほうです」

エルは闇の思考の渦へ引きずり込まれそうになったが、イングリットのおかげでいつもの自分を取り戻せた。

「私、本当は国王陛下の育毛剤の材料なんか、採りに行っている場合じゃなくて。国中で流行っている病の特効薬を考えなければならないのに……」

「もしかして、それって――」

エルの頭に浮かんだのは黒斑病（こくはんびょう）。各地で猛威を振るっている流行病だ。エルはヨヨと旅する中で、黒斑病の感染に苦しむ村を救ったことがあるのだ。

「モーリッツ様は、流行病（はやりやまい）の特効薬を作られたのですが、行方をくらます際に、作り方が記された資料から薬の在庫まで、すべて破棄してしまい……。この国は滅ぶべきだと告げてから、去っていったそうです」

国王との確執（かくしつ）が原因で国を去ったと、以前世話になった公爵のフォースターから話を聞いていた。

モーリッツの本心は、エルも知らない。亡くなっている以上、真相は闇の中だ。

「病は十数年前に流行し、特効薬によって沈静化していましたが、ここ数年、再び流行り始めました。しかし、どれだけ開発に時間をかけても、その病に有効な薬は見つからないのです」

エルは、黒斑病の特効薬の作り方を知っている。しかし、それをキャロルに伝えていいのか、わからない。モーリッツが創薬方法を隠したのには、何か理由があるような気がしてならないのだ。

どうすればいいのか。エルが迷っていると、イングリットが話し始める。

「私の村では、多くの人が亡くなってしまう現象を、『神の裁き』と呼んでいる」

「神の裁き……？　それは、どういう意味ですか？」

「国に人が増えすぎると、生態系が崩れる。その結果、世界が滅びる。そうなる前に、神は一気に調整を行うという考えだ」

「なっ……！」

「他にも、戦争や天災も、神がかかわっていると伝わっている」

「では、それらは人がどうこうしていいものではない、と？」

「詳しくは知らんが、そうだろうな。その、大賢者様とやらも、それに気付いたのかもしれない。もしくは、神自身が彼に接触したのか」

「では、私の研究は、すべて無駄だと？」

「それは答えられない。私は神ではないからな」

「でも、妖精族であるダークエルフは、人よりも神に近い存在です」

高い魔力、長い寿命、美しい容貌。エルフは神が造りし、生物の最高傑作だとも言われていた。人と同じ形で生まれながら、エルフは人里には姿を現さないこともあって、神秘的な存在として人々の間で認識されている。やや険悪な空気が二人の間に流れるのを見かねて、エルは声を上げた。

「イングリットは、イングリットだよ。何者でもない、ただの、親切なお姉さんだから」

エルの一言で、キャロルとイングリットの間にあるピリッとした空気はなくなった。

「すみません、白熱してしまって」

「いや、私も悪かった」

大迷宮の攻略から、話が大きくズレてしまった。エルは話題を元に戻す。

「えーっと、それで、水吐フグで爆弾作れる？」

「せっかくですが、水吐フグ以外で、作りましょう」

キャロルが選んだのは、どんぐりだった。それは森に住んでいた頃、大寒波のときに、餌を求めてさまよっていたリスにパンを分け与え、半年後に礼としてもらったどんぐりである。

「リスからお礼のどんぐりって、エルが暮らしていたのは童話の中の世界かよ」

「現実の話だから」

そんなことを話している間に、キャロルは爆弾を完成させた。

「どんぐり爆弾の完成です。一粒で、魔物の首をぶっとばせます！」

「エルとリスのほのぼの交流の思い出が、物騒な武器になってしまった」

「イングリット、リスとのほのぼの交流の思い出なんてないから。リスが勝手にどんぐり置いていって、捨てられなかっただけだから」

「エル、クールだな」

キャロルが第二層の親玉について解説してくれる。相手はゴブリンを五体引き連れた、ゴブリン・リーダーだったらしい。

「見上げるほどの巨体でした。でも、このどんぐり爆弾があれば、一発で仕留められます」

戦力が調ったところで、第二層の親玉戦に突入することになった。エルはふと気になったことをイングリットへ質問した。

「イングリットのときも、同じだった？」

「だいたい同じ感じだな。親玉が一匹に、子分のゴブリンは五匹だったり、六匹だったりと、ばらつきはあるが」

大迷宮は挑む者の能力によって、敵や取得できるアイテムを変える。もしかしたら、プロクスやフランベルジュがいることで、別の構成になっている可能性も大きい。

「あ、そうだ。途中で杖を拾ったんだけれど、これってキャロルの？」

エルは鞄の中から虹色水晶杖を取り出し、キャロルへ見せた。もしも、彼女が持ち主ならば、返そうと思っていた。

「わー、きれいな杖ですね。残念ながら、私の杖じゃないですよー」

「そっか」

これは魔法使いの杖で、錬金術師は使えないという。

「錬金術師の杖は、創薬にも使うので、薬剤を混ぜたり、素材を叩いたりするんです。なので、頑強な作りになっているのですよー」

「へえ」

キャロルが落とした杖ではないというので、魔法鞄の中にしまう。すると、明らかに鞄の容積を超える長さの杖が収納されるのを改めて目の当たりにして、キャロルは目を剥いて驚いた。

「なっ、そ、その鞄、どうしたのですか!?」

「待て待て、その話はあとだ。いちいち尋ねてたら、一向に先に進めない」

「あ、そうですね」

イングリットに窘(たしな)められ、キャロルが黙った。ようやく準備が整ったことで、イングリットが親玉が待機する扉を開く。

『オオオオオオオ！！！！』

現れたのは、黒衣のドレスをまとったゴブリン・クイーンだった。

大きさは、三米突(メートル)ほど。凹凸(おうとつ)のないずんぐりとした体に、見るからに重そうな厚いドレスをまとっている。手には、鉈(なた)のような大きな刃物を握っていた。真新しい血が付着しているのが、妙に生々しい。背後には、ゴブリン・リーダーを五体従えていた。

「な、なんで⁉」

予想が外れたらしいイングリットの問いかけに答えられる者は誰一人としていない。たじろいだところに、ゴブリン・クイーン自ら、先陣を切って飛びかかってくる。鉈を振り上げた先にいたのはイングリットだ。

「どわー‼」

イングリットは悲鳴を上げつつ、攻撃を回避した。プロクスが、炎の息を吐き出す。

『ぎゃう！（燃えろ！）』

ゴブリン・クイーンはくるくると高速回転してプロクスの炎を弾き、天井へ逸らすことに成功していた。軌道が外れたプロクスの炎は、天井に穴を開ける。体長二米突ほどのゴブリン・リーダーも次々と襲いかかってきた。キャロルがどんぐり爆弾をゴブリン・リーダーに向かって投げる。

――ドン！！！！

鼓膜を破くような大きな音が鳴り響くと共に、ゴブリン・リーダーの体は粉々となる。キャロルの爆弾はたった一個でまとめて五体を倒してしまった。

「おー、なかなかの威力でー」

「強すぎだ！」

イングリットはキャロルに全力でツッコミを入れていた。そうこうしている間にも、ゴブリン・クイーンの猛攻は続いている。魔法系の攻撃は、黒衣のドレスを使った高速回転がすべて弾いてしまう。プロクスとフランベルジュの攻撃は、あまり効果が期待できない。ゴブリン・クイーンは大きな図体のわりに素早く、エルの魔石は何度も回避されていた。

「だったら、私のどんぐり爆弾で」

「おい、それが弾かれて、私たちのほうで破裂したら危険だろうが！」

「あ、そうでしたー」

遠隔攻撃がまるで効かないので、フランベルジュが斬りかかる。だが――。

『ぐぬー！』

ゴブリン・クイーンの黒衣のドレスは、フランベルジュの刃すらも弾き飛ばした。弾かれたフランベルジュはイングリットのほうへ飛んできたが、彼女は寸前で回避していた。

「おい、危ないだろうが！」

『すまんな！』

プロクスは成獣体となり、炎の吐息を浴びせる。しかし、それすら弾かれてしまった。すさまじい熱気に、イングリットが叫んだ。

「熱い!!」

『ぎゃうー（ごめんー）』

部屋の温度が急激に上がったので、エルは氷の魔石を投げ込む。炎と氷で相殺され、ちょうどいい温度となった。うっすらと張った氷はゴブリン・クイーンにも付着したが、足止めすることはできなかった。高速回転で、すぐに振り払われてしまう。

「クソ、厄介だな！」

イングリットも矢を撃ち込んだが、結果は同じ。ゴブリン・クイーンは鉈で斬り込んでくるが、避けることしかできない。

「どうすればいいんだ」

『動きを止めることができたら、露出している部分を斬り刻むことができるんだがな』

　ゴブリン・クイーンの顔や手足は露出している。そこであれば、ダメージを与えることができるとフランベルジュは呟く。

「どんな攻撃を仕掛けても、高速回転を使われたら、攻撃が弾かれてしまうんだよ」

　イングリットの発言を聞いたキャロルが、ハッとなる。

「動きを、止める……一つだけ、方法があるかもしれません！」

「なんだ？」

「水吐フグに氷の魔石と魔岩塩を飲ませて、液体氷を作って、それをゴブリン・クイーンに浴びせたら、凍るかとー」

　魔岩塩は魔力を多く含んだ岩塩である。主に、魔法薬を作るときに使われる素材だ。キャロルの体内にあるらしい。氷の魔石単体では、ゴブリン・クイーンの動きを止めることができなかった。しかし、魔岩塩があれば、氷の魔石の温度をさらに下げた上に、魔力値も上がるのでさらに強い氷が作れる。加えて、キャロルの祝福である『アイテム・スロウ』を使えば、確実に当てられる。

「エル、キャロルに水吐フグと氷の魔石を渡せ。私たちでゴブリン・クイーンの気を逸らしておく」

「う、うん、わかった」

　イングリットとフランベルジュ、プロクスで、ゴブリン・クイーンのヘイト(注目)を集める。その間に、エルはキャロルに水吐フグと氷の魔石を手渡した。

「キャロル、お願い」

「お任せください！」

キャロルは水吐フグの口に氷の魔石を詰め込み、自身の中にある魔岩塩を調合させた。フグの頬を押し、液体を吐き出させる。

『オロロロロロロロロ――――！！！！』

吐き出した水は、外気に触れた途端に凍っていく。

「よし、いい感じですね。では、皆さん、ゴブリン・クイーンに浴びせますよ」

まず、イングリットが矢を放つ。ゴブリン・クイーンはこれまで同様、高速回転で攻撃を弾き飛ばした。ゴブリン・クイーンが地に足を突いた瞬間、キャロルは水吐フグの左右の頬を強く押す。

『オッロロッロオロロロロオロロロー！！！！』

弧を描いた液体は、ゴブリン・クイーンのドレスにまとわりつく。高速回転をして払おうとしたが、もうすでに、地面と体が凍って繋がり、動けない状態になっていた。

「よし、今だ!!」

フランベルジュは、ゴブリン・クイーンの首を刎ねた。たった一撃で、敵は絶命した。

「や、やった？」

『みたいだね』

ヨヨの返事を聞いたエルは、その場にへたり込む。思いがけない強力な敵を倒すことができたので、深い深い安堵の息を吐いてしまった。ゴブリン・クイーンの黒衣のドレスは、異様な弾力性がある不思議な素材だった。エルは初めて見る素材だったが、キャロルが解説してくれた。

「ああ、これは魔弾ゴムですねー。非常に珍しい素材です」

「魔弾、ゴム？」

「ええ。通常のゴムと違って、強い負荷も弾き返すことができる、非常に耐久性に優れたゴムです」

耐久性に優れるゴムと聞いたエルは、イングリットを振り返った。

「ねえ、イングリット。このゴム、魔石バイクのタイヤに使えない？」

「ああ、使えそうだ」

黒衣のドレスは大きいので、かなりの量の魔弾ゴムが採れた。それから、鉈や腕輪なども、何かに使えるかもしれない。エルの魔法の鞄に詰め込む。

「はー、やっぱりその鞄、すごいですねえ」

キャロルが羨ましそうな視線を向けていたが、詳しく話をするつもりはなかった。

「ごめんなさい、鞄については、もう興味を示さないで」

「あ、そ、そうですよね。すみません」

エルが煩わしそうに言うと、キャロルはしゅんと黙り込んだ。

ともかくこれで、金属、ゴムと順調に材料が集まった。残りは塗料だけだ。親玉を倒したことで、第三層へ続く転移陣が現れた。

「第三層に進むが、心の準備はいいか？」

「私は大丈夫」

プロクスも幼獣体に戻り、挙手した。フランベルジュはくるくる回転している。

ヨヨは、『エルが行くならー』と、緩く呟いていた。

「私も、大丈夫ですー」

「じゃあ、行くか」

イングリットが先導し、エルたちは第三層に繋がる転移陣へ乗った。

第三層では景色がガラリと変わり、ムッと熱気が漂う溶岩地帯に移った。

「あー、そっか。第三層は、これだったか」

イングリットがそう呟いたのと同時に、背中に無数の鋭い針と滾る火を背負ったネズミが、マグマの湖の中から三匹這い出てきた。

「あれは、火針ネズミだ。厄介な奴が出てきたな」

プロクスが火を吐き出すが、直撃しても火針ネズミはまったくダメージを受けた様子はない。フランベルジュが斬りかかったが、火針ネズミは丸くなって転がり、針を尖らせながら攻撃をかわす。

「相性が最悪だな。エル、氷の魔石は使えるか？」

「イングリット、ごめん」

「エル、どうしたんだ？」

「氷の魔石、さっきの戦闘で、全部使ったみたい」

「そうか……」

そんなやり取りをしていると、いそいそと、キャロルがどんぐり爆弾を手にしていた。エルは慌てて注意する。

「待って、キャロル。どんぐり爆弾を使って、鋭い針が四方八方に飛び散ったら危険だから」

「あ、言われてみたらそうですねー」

プロクスのブレスも、フランベルジュの斬撃も効果なし。予期せぬ強敵を前に、戦々恐々とする。

「あ、そうだ。これ、まだ使える？」

エルは鞄の中から、水吐フグを取り出した。頬を押して吐き出させた水は瞬時に凍りついた。

「まだ使える！　キャロル、お願い」

「ええ、わかりました」

キャロルは火針ネズミに水吐フグを向け、一気に放水した。

『オロロロロロロロロオロロロロ！！！！』

凍る水を被った火針ネズミは、氷結状態となる。再び動き出す前に、先へ進むことにした。

「火針ネズミは、以前は第三層の親玉として出てきた魔物だ」

「そうだったんだ」

キャロルとパーティを組んだ結果、能力の平均値が上がったと迷宮に認識され、親玉として出てくるはずの魔物が雑魚として出現するようになったらしい。火針ネズミのような魔物が多数出てくれば、プロクスとフランベルジュは戦力として期待できない。本当に最悪だと、イングリットは呟く。

「イングリット、どうする？　この辺りで、一旦地上に戻る？」

「う～～～～～～ん」

自分たちだけならば、そのほうがいい。けれど、キャロルのコンブ草はまだ見つかっていない。

「あ、私のことは、どうかお気になさらずー。陛下の髪の薬など、命に比べたらなんてことないものです。流行病のことを考えたら、こんなことをしている場合ではないと思いますし」

イングリットは腕を組み、どうしようか考えている。

「そうだな……。戻ったほうが、いいな。水吐フグだけで対処できるわけがないし」

「だよね」

「よし、それじゃあ戻るぞ。エル、転移札を使ってくれ」

エルは転移札を取り出し、一気に破る。すると、魔法陣が浮かび上がった。一瞬にして、地上へと戻ってくる。キャロルが安堵の声を上げた。

「はー、生きて帰ってこられてよかったです」

「落とした荷物は、いいのか？」

「はいー。重要な品は入っていなかったので」

キャロルは国王が出した馬車でやってきたらしい。帰りも、馬車で帰ると言う。

「すまんな、コンブ草、見つけられなくて」

「いえいえー。この件は、どうか内密に、お願いしますねー」

「わかっているよ」

もしもどこかでコンブ草を見つけたら、連絡すると約束した。

「私とエルは、王都の下町で工房を開いている。何か用事があったら、そこを訪ねてくれ」

「了解です」

「じゃあな」

「はい。いろいろと、ありがとうございました」

キャロルと握手を交わし、別れる。一行はプロクスに跨がり、王都へ戻った。

第二章　少女はダークエルフと共に追われる

王都は相変わらずの喧噪(けんそう)であった。魔石車が排出したガスが漂っているため、空気が悪い。エルはケホケホと軽く咳(せ)き込んでしまう。

「エル、大丈夫か？」

「平気。それよりもイングリット、夜は何を食べたい？」

「うーん、エルが作った、ふわふわのオムレツがいいな。チーズが入っているやつ」

「じゃあ、市場で新鮮な卵を買ってから、帰ろっか」

「そうだな」

エルとイングリットは平和な会話をしつつ、王都の街を歩く。

「なんか、今日は人が多いな」

「だね」

何か催しでもやっているのだろうか。キョロキョロしながら歩いていたエルは、宙をひらひらと漂っていた号外を顔面で受け止めてしまう。

「わっ！」

「おっと。エル、大丈夫か？」

イングリットがエルの顔に張り付いた紙を取ってくれる。すぐそばで、刷り上がったばかりの号外を配っているようだった。

「号外、号外だよ～！　とっておきの、大スクープだ！」

人が多い原因は、号外が配布されていたからだろう。一体、何が起こったのか。エルは首を傾げる。

「――エル」

「ん？」

イングリットは外套をエルの頭上から被せ、肩を抱く。

「え、イングリット、何？」

「エル、黙って付いてくるんだ。詳しい話は帰ってから話そう」

「う、うん」

人が多い市場に繋がる道を回れ右をして、下町のほうへと向かった。

イングリットの歩みは、だんだんと速くなる。しまいには、エルを担ぎ上げて走った。

何か、号外によからぬことでも書かれていたのだろうか。エルの中で、不安がじわり、じわりと広がっていく。あと少しでイングリットとエルの魔石工房に辿り着く。家に帰ったら大丈夫だろう。そう思っていたのに――イングリットのハッと息を呑む声が聞こえた。すぐさま、路地裏へと隠れる。

「おい、出てこい!!」

「ここに、銀髪の娘を匿(かくま)っているんだろうが!!」

十名ほどの騎士が工房の前に集まり、扉を乱暴に叩いていた。銀髪の少女というのは、間違いなくエルのことだろう。一体、何が起こっているのか。わけがわからなかった。

「クソ！」

　イングリットは悪態をつき、回れ右をして下町の路地裏を走り始める。ヨヨとフランベルジュ、プロクスもあとに続いていた。イングリットが向かった先は、貴族の商店街にある『長いしっぽ亭』だ。閉店の看板が掛かっていたが、構わずに扉を叩き続ける。

　扉の向こう側に、人影が見えた。厳つい店主が顔を覗かせる。

「ん？　お前たちは――」

「すまん、匿ってくれないか⁉」

「……入れ」

「感謝する！」

　店の中に飛び込み、背後で扉が丁寧に閉められ、施錠されると、イングリットはエルを下ろした。ここまで全力疾走してきたので、ぜーはーと苦しそうに息を吸っては吐いていた。

「イングリット、お水、飲む？」

「あ、ああ」

　焦るあまり、魔法鞄から水の魔石を見つけることができない。水吐フグがあったので、取り出す。口から氷の魔石を取り出し、カップに水を吐き出させる。

『オロッオロロロッロ！』

　カップは水で満たされる。イングリットは気にしている余裕がないのだろう。エルが差し出した水を、一気に飲み干した。

「まだ、いる？」

「いや、大丈夫、だ」

イングリットは息が整うと、エルに静かに語りかける。

「エル、その、なんだ。悪い話だ」

イングリットの重々(おもおも)しい声に、ヨヨがエルに寄り添う。ふわふわの毛並みをぎゅっと、強く抱きしめた。イングリットは、先ほど拾った号外を差し出した。

「黒斑病の原因は、東の森に住む銀髪の少女の姿をした魔女だったとある。似顔絵が載っていて、それがエルそっくりで。この国の王女の姿に化けて、人々に厄災を振りまいていると、書かれていた。東の森で起こった村の火災に、生存者がいたらしい。その者が、証言していると」

「誰か、生きて、いたんだ……」

エルは複雑な気持ちがこみ上げ、立っていられずに床にしゃがみ込む。

「号外は、今さっき配られ始めたのだろう」

その証拠に、イングリットの手には乾いていないインクが付着していた。

「わたしの顔にも、インクが付いてる？」

「いいや、付いていない。張り付いたのは、裏面だった」

おどけてみせるも声は震えていた。内心では「なぜ？」という疑問が、荒波のように押し寄せる。

「王女の姿に化けてって、どういうことなんだろう」

「そういや、錬金術師のキャロルが、エルとそっくりな人がいると言っていたな」

キャロルは国家錬金術師である。王女と顔見知りの可能性は極めて高い。

「おやじ、悪かったな。巻き込んでしまって」

「いいや、構わない。俺たちは客を信用している。今回の報道も、民(たみ)を煽動(せんどう)するためのガセだろう」

原因不明の黒斑病に対する不安を、別の感情に変えて操ろうとしているのだ。エルを悪だと糾弾すれば、人々の不満は別の方向へと向く。

「それはそうと、預かっていた人工精霊の核の移植が終わった。今は眠っている状態で、いつ目覚めるかは、わからん。引き取るだろう？」

「うん。一緒に、連れていく」

店主が連れてきた、うさぎのぬいぐるみ型人工精霊、ネージュ。エルの父フーゴの訃報を聞いた際に倒れてしまったので、彼女が作られた店である『長いしっぽ亭』で目覚めさせるための作業をしてもらっていたのだ。

久しぶりに会った彼女は、相変わらずぐったりしていて動き出す様子はない。エルはぎゅっと抱きしめたあと、魔法鞄の中に詰め込む。

「ありがとう」

「いや、いいが」

ネージュは引き取った。ここには長くいられないだろう。

「イングリット、ごめん。わたしのせいで、逃げることになって」

「いや、構わない。問題は、これからどうするか、だな」

そこで、エルは思い出した。王都で別れる際にフォースターが言っていた言葉だ。

――私はフォースター家の者だ。王都で困ったことがあったら、訪ねるといい。家は、その辺の者に聞いたらわかるだろう。

鞄からフォースター家の、角がある馬の幻獣の家紋が入った指輪を取り出す。

「イングリット、フォースターの所に行こう！」

エルの突然の宣言を聞いたイングリットは、目が点になっていた。

「エル……フォースターって、白きユニコーンが家紋のフォースター公爵家じゃないだろうな？」

「そのフォースターだと思う」

「そのフォースターは、とんでもない大貴族で、当主は国の重鎮ともいえる存在だ。そんな奴の家に行ったら、即座に捕まるに決まっている」

「フォースターには、貸しがあるの」

「エルサン……あんたって奴は、なんでそう……」

イングリットはその場に膝を突き、ぐったりとうな垂れる。

「イングリット、大丈夫？　もう一杯お水飲む？」

「いや、いい。つーか、私、水吐フグの水飲んだんだよな」

「うん、ごめん。水の魔石が、見つからなくって。おいしくなかった？」

「いや、キンと冷たくて、おいしかったけれど」

「そうなんだ。今度、わたしも飲んでみるよ」

「エル……水吐フグの水、飲んだことなかったんだな」

「ない」

虚ろな目をしているイングリットに、エルはフォースターとの縁を語り始めた。

「港町から王都へ続く馬車に乗り合わせたのが、フォースター。空腹のフォースターに、パンとスープを分けてあげた貸しがあるの」

「エルサン、あんた、どんだけ人を食べ物で釣り上げるんだよ」

「釣ったのは、プロクスだけだよ」

　エルは不思議そうな声を上げるが、クッキー一枚で火竜を釣り、パンとスープで国の重鎮であるフォースター公爵と知り合った。それをありえないと、イングリットはぼやいているのだ。

「フォースター公爵の所に行って、どうするんだ？」

「保護してもらう」

「逆に、捕まる可能性は？」

「ある。でも、街で捕まるよりかは、丁寧な扱いで捕まる気がする」

「まあ、そうだな」

　号外が配られている中、見つからずに脱出することは不可能だろう。

「プロクスが大きくなれるような、開けた場所もないし」

「公爵邸の庭だったら、問題ないかもな」

「そう。それも、目的の一つでもある」

　もしも捕まりそうになった場合は、庭から成獣化したプロクスで逃走すればいいのだ。

「そんな作戦なんだけれど、どう思う？」

「うーん。ずっと、ここにいるわけにもいかないだろうからな」

　イングリットはぎゅっと目を閉じ、考える仕草を取る。眉間に皺を寄せ、うんうんと唸っていたが、腹を括ったようだ。

「わかった。フォースター公爵の所に行こう」

「決まりだね」

話がまとまったところで、長いしっぽ亭の店主が一言口を挟む。

「あんたら、フォースター公爵邸に行くんだったら、馬車で送ってやるが」

「それは、ありがたいけれど、どうしてそこまでしてくれるの？」

「うちの客だからだよ。それに、あんたらが悪人でないことは、よくわかっている」

「そっか。ありがとう」

「礼は、フォースター公爵邸に到着してから言ってくれ。号外のせいで、街中が混乱している。何が起こるかは、わからん」

「うん……」

一行はすぐさま馬車に乗り込み、長いしっぽ亭を出発した。人が多い大通りを避け、整備が行き届いていない裏通りを走る。悪路とまでは言わないが、雑草が生え、石畳に欠けがあるので馬車は大いに揺れる。

「わっ!!」

ガタンと大きく音が鳴った瞬間、エルの体は軽く浮いた。座席に立てかけてあったフランベルジュは倒れてしまう。

『うぐっ!!』

幼体のプロクスも、ゴロゴロ転がっていた。ヨヨだけは、床に張り付いているのか微動だにしない。

「酷(ひど)い道だな。王都とは、思えない」

「ガタガタだから、みんな、通らないんだね」

「みたいだな」

時間をかけ、フォースター公爵邸に到着する。窓から見た屋敷は、国王の住まいかと思うほど大きい。

「これで、タウンハウスかよ」

「領地のカントリーハウスは、これより大きいんだ」

「おそらくな」

名だたる貴族は、領地と王都、二ケ所に屋敷を持つ。王都のタウンハウスは夏から冬に掛けての社交期のみ、生活の拠点とする貴族が殆どである。長いしっぽ亭の店主はフォースター公爵家に顔が利くようで、守衛がいる門をあっさりと通過していった。

「ついているな」

「うん。わたしたちだけでは、門を通れない可能性もあったから」

いくらフォースター公爵家の家紋が入った指輪を持っていたとしても、女、子どもの戯れ言として処理されるかもしれなかったのだ。

馬車はどんどん進んでいく。フォースター公爵邸の庭は、想像以上に広大だった。美しい花が咲き乱れ、噴水に温室、東屋など、どこを見てもため息が零れそうな景色が広がっていた。

「これだったら、プロクスが成獣化するスペースはバッチリだね」

「そうだな」

『ぎゃう！（任せて！）』

馬車から降り、中へと入ると、大理石のエントランスで大勢の使用人に迎えられた。

ここまで送ってくれた店主が、執事に取り次いでくれる。

「この娘たちが、フォースター公爵に個人的な貸しがあるらしい。会わせてやってくれ」

「かしこまりました」

老齢の執事は恭しい態度で会釈し、エルとイングリットに付いてくるように言う。

用は済んだと去ろうとする店主に、エルは声をかけた。

「あの、おじさん。ありがとう」

彼は手だけ振って、去っていった。

「すみません、中へとご案内する前に、一点だけ」

武器の持ち込みは禁止らしい。イングリットは弓と矢、それからフランベルジュを差し出した。

『お、おい！　俺様は預けるな！』

「いや、武器を持ち込めないって言われているんだ」

『俺様は武器ではないぞ！』

執事は喋る剣を前に、驚いた表情を見せていた。

「あの、こちらは？」

「武器に見えるが、精霊だ。預けるなと騒いでいるが、どうすればいい？」

「武器でないようでしたら、預けなくても宜しいかと」

「わかった」

予想外に柔軟な執事の対応に、フランベルジュは『はー、危なかった』とボソボソ呟いていた。

使用人たちは奇異の目でフランベルジュを見ていたが、彼はこういう存在なので仕方がない。

「では、こちらへどうぞ」

長い長い廊下を歩く。敷かれた絨毯(じゅうたん)は高級品で、ふかふかしていた。点在する調度品は、詳しくなくとも美術館に飾られるクラスの由緒ある物だとわかる。エルとイングリットが案内されたのは、客人を迎える応接間(ドローイング・ルーム)。大きな窓から陽光が柔らかく差し込み、白亜の壁が部屋を明るく見せてくれる。長椅子はスプリングが利いていて座り心地がよく、テーブルに置かれた薔薇はかぐわしい芳香を放っていた。メイドが香り高い紅茶と高級そうなクッキーを持ってきてくれる。

「旦那様にお話しいたしますので、お名前をお伺いしても？」

執事の質問に、エルはハキハキ答えた。

「フォースターに名前を名乗っていないの。馬車で同乗した子どもと言ったら、わかると思う」

エルの堂々とした態度に、執事はハッと目を見張っていた。

「あなた様はもしや――いいえ、なんでもありません」

執事もまた、フォースターと同じくエルと誰かの面影を重ねているのだろうか。それは誰なのか追及したかったが、尋ねる相手は執事でなくてもいいだろう。恭しく去る執事を見送り、エルは鞄の中からプロクスを出してあげると、クッキーを与えた。

『ぎゃう～！（おいし～！）』

「よかったね」

イングリットは珍しく緊張しているように見えた。

「イングリット、大丈夫だよ。フォースターは腹黒そうなお爺さんだけれど、怖くない」

「その腹黒そうなところが怖いんだよ」

フォースターは魔道具に否定的な貴族の一人である。魔技巧士であるイングリットは、それも引っ掛かっているらしい。

「フォースターが魔道具を嫌う理由は、魔石車の環境破壊と、魔石の買い占めが原因だから。イングリットみたいに、真っ当な魔道具を作っている魔技巧士は、敵視しないはず」

「そ、そうか。というかエル、詳しいな」

「偶然話してくれたの」

ここでようやく、フォースターがやってきた。実に久しぶりの再会である。

「ああ、お嬢さん！」

フォースターはエルのそばへ駆け寄り、その場に片膝を突く。

「ずっと、心配していたんだ。一度、探偵を使って捜したのだが、見つからなくて――」

「勝手に捜そうとしないで」

市場や旅に出るときは、深く頭巾を被っていた。そのため、白銀の髪の少女がいるという情報は隣近所にしか出回っていなかったのだ。

「フォースター、とりあえず、長椅子に座って」

「そ、そうだな」

再び温かい紅茶が運ばれてくる。フォースターは紅茶を飲むと、ホッと落ち着いたように息を吐く。

「えー、なんだ。いろいろツッコミどころがあるのだが、まずは、ダークエルフのお嬢さんから紹介いただけるかな？」

「彼女は私の仕事仲間。魔技巧士なの」

「魔技巧士……！」

フォースターの目つきが鋭くなる。エルはすぐに弁解した。

「彼女はまっとうな魔技巧士だから。環境を破壊するような魔道具は作っていないし、魔石の買い占めもしていない。人の暮らしがほんのちょっとだけ、豊かになる道具を作っているだけなの」

「そうだったか……。いや、すまない。視野が、狭くなっていた」

続けて、プロクスを紹介する。

「これは火竜。クッキーが好き」

「火竜……そ、そうか。だったら遠慮なく食べるといい」

フォースターがクッキーの載った皿を差し出す。プロクスは長椅子の上で小躍りを始めた。

「ずいぶん、明るい火竜だな。イメージが覆りそうだ」

「可愛いでしょう？」

「まあ、そうだな」

最後に、フォースターの視線はフランベルジュに注がれた。

「それが、その、喋る剣の精霊かい？」

「そう」

『ははははは！　政敵であったフォースター公爵家の当主と、こうして話す機会が巡ってくるとは！』

フランベルジュの前世は、炎の勇者であり、大貴族の子息でもあった。どうやら、フォースター公爵家と仲が悪かったらしく、感慨深そうな様子でいる。

「はて、精霊の知り合いはいなかったはずだが」

「あまり、相手にしなくていいから」

紹介も終わったので、本題へと移る。

「今日は、お願いがあってやってきたの」

「何かな？」

「わたしたちを、保護してほしくて」

保護を訴えるエルにフォースターは驚いた様子だった。いきなりだったので、無理もないだろう。

「一体、どうしたというのだ？」

「わたしが、黒斑病の原因であり、村を焼き、王女の姿を借りて暗躍する悪い存在だと、触れ回っている人たちがいるの」

「――⁉」

フォースターは目を見開き、エルをジッと見つめる。

「わたしは、そんなに、王女に似ているの？」

「そ、それは……」

「出会ったときも、驚いていたよね？」

「そう、だったな」

フォースターはぎゅっと拳を握って険しい表情でいたが、諦めたのか話し始める。

「たしかに、君は王女によく似ている……のかもしれない」

「……そう」

　フォースターの言葉に、なぜか疑問や反発は湧かなかった。むしろエルの人生における、不自然なパズルのピースがパチリ、パチリと正しい位置に嵌まっていくような気がした。ただ、まだ完全ではない。わからないことが多すぎた。

「黒斑病について、地方に調査隊を派遣したのは私だ」

　フォースターがそう口にした瞬間、イングリットはエルを抱きしめる。フランベルジュは刃に炎をまとわせ、プロクスは低い声で唸り始めた。

「みんな、大丈夫だよ。ヨヨを見て」

　ヨヨのみ、呑気に尻尾を揺らしている。警戒している様子はまったくない。妖精であるヨヨは、人の悪意に敏感だ。そのため、フォースターが敵ならば、他のメンバーより早く警戒態勢になるはずだ。

「イングリット、落ち着いて。あなたも妖精族だから、冷静になったら、わかるでしょう？」

「あ――そ、そうだな」

　フォースターから悪意は感じ取れなかったようだ。イングリットは警戒を解く。他の者も同様。

「すまない。この件に関しては、私自身、わからないことばかりなんだ。調査隊が辺境の村から、文字入りのナイフを持ち帰ったのだが、書き込まれた言葉については調査中だったはずだ」

「文字入りの、ナイフ？」

「ああ、それには、こう書かれていた」

　――疫病は、森の魔物喰いが持ってきた。幼い少女であるが、呪われし存在。早く、殺さないと我々が滅びてしまう。

「なっ……！」

魔物喰いというのは、悪しき魔法使いのことである。黒魔法に手を染めた古代の魔法使いが魔物の血を啜ったことからそう呼ばれていたという。魔物の血には魔力が多く含まれているが、口にすると正気でなくなるため、食することは禁忌だったのだ。

「どこかで情報がねじ曲がったのだろう。生存者がいた話など、私は聞いていない」

「一体、誰が……？」

「わからない。だが、流行の兆しが見えている黒斑病を、誰かのせいにしたい一派がいるようだ」

それが一体誰なのか、皆目見当もつかないという。しかし、ナイフが回収された村で、魔物喰いと呼んでエルのことを忌み嫌っていた者による言葉であることは間違いないだろう。

今現在、エルが追われていることと、無関係とは思えなかった。フォースターはいないと言っていたが、本当に生存者がいる可能性が高い。

「黒斑病については、国家錬金術師が調査をしている。おそらく、呪いの類いではないだろう」

エルは知っている、黒斑病の原因を。ただ、それを今、口にしていいものか迷う。ヨヨを見たら、首を横に振っていた。言うなと、目で訴えてくる。エルはヨヨに従うことにした。

「それで、本題に移るが――君たちを保護しようと思う」

「でも、わたしがここにいたら、あなたの迷惑になるのでは？」

「私の隠し子ということにしておけばいい」

「か、隠し子!?」

続けて、イングリットはエルの侍女になればいいと言う。イングリットも驚いた顔になった。

「この屋敷の中にいる限り、安全だろう」

「いいの？」

「保護してくれと、言い出したのは君のほうだろう」

「そうだけれど」

想像以上の待遇に、エルは戸惑う。イングリットのほうを見上げたら、肩をすくめていた。

「フォースターは、どうしてそこまでしてくれるの？」

「君には恩があるからね。それに、どうしてか他人のような気がしないんだ」

「わたしが、王女に似ているから？」

王女はフォースターの孫娘である。エルはその王女にそっくりなので、気の毒に思っているのか、エルは問いかける。

「それだけではないが、口で説明するのは難しいな」

イングリットにどうするか聞いたら、苦虫を噛み潰したように言った。

「下町の工房は、人が押しかけていて帰れないだろう。家には結界を張っているから、侵入はできないようになっているが」

「うん。ごめんね」

「エルのせいじゃないから気にするな」

ぽんと、イングリットはエルの頭を軽く叩く。彼女がそう言うのであればと、エルも気にしないようにする。

「今、フォースター公爵の保護を受ける以上に安全な立場はないだろう」

「そう、だよね。でも、フォースターの家族は大丈夫なの？」

「家族？」

「隠し子がいるって聞いて、衝撃を受けない？」

「ああ、その心配には及ばない。妻は二十年前にここを出ていったし、一人娘は以前話した通りだ。私は寂しい独り身だよ」

「跡取りはいないの？」

「いないな。私が死んだら爵位と財産は凍結されて、そのうち王家に接収されるだろう」

エルの存在が、フォースター家の争いの種にならないと知り、エルはホッと安堵した。

「私は国内でも三本指に入る名家、フォースター家の当主だ。私の言うことに意見できる者は国王か、行方不明になった友人くらいだろう。安心して、過ごすといい」

「ありがとう」

フォースターは保護に期間は定めないと言って、懐の深さを見せつけてくれた。

「フォースターは本当に、わたしが悪い人だと、疑っていないの？」

「まったく、思っていないよ」

「理由は？」

「勘だ。一目会ったときから、お嬢さんのことが、気になってしかたがなかったんだよ」

フォースターの発言のあと、イングリットはエルを守るようにぎゅっと抱きしめる。

「イングリット、何？」

「あいつ、少女偏愛な嗜好があるんじゃないよな？」

「さあ？」

　エルの素っ気ない回答に、フォースターは待ったをかける。

「私は、そのような嗜好は持ち合わせていないし、理解もできない。お嬢さんには、不思議な魅力があるのだよ。ダークエルフの君も、一緒に行動しているのならば、わかるだろう？」

「言われてみたら、エルには放っておけない何かがあるな。それに、料理が上手い」

「たしかに、馬車で食べた料理はおいしかった」

　エルはイングリットとフォースターの言葉に照れてしまう。家族以外から褒められたことが少ないので、慣れていないのだ。

「まあ、何はともあれ、私の勘がお嬢さんを助けるように訴えているし、精霊や竜や妖精が心寄せる存在が、悪しき者である可能性は極めて低いだろう」

「フォースター、ありがとう。もしかしたら、迷惑をかけるかもしれないけれど」

「ふむ。財産、地位、名声と三拍子揃った私を、困らせるような事態があるのかな？　あったとしたら、お嬢さんのために、駆けずり回ってみせよう」

　話の通りであれば、フォースターは王族に次ぐ地位や権力を持っており、エルに全面的に協力してくれる気でいるようだ。あのとき乗り合わせたのがフォースターでよかったと、エルは思う。差し出された手を握り、しばらくフォースターの隠し子でいることに決めた。

「それで、えーっと、なんだね。ここに住むにあたって、お嬢さんの名を教えてほしいのだが」

「さっき言っていなかった？」

『言っていないね』

「言っていないな」

『ぎゃうぎゃう（言っていないよ）』

「そう」

フォースターはエルを信じると言った。同じように、エルもフォースターを信じることにした。

若干の胡散臭さはあるものの、悪意に敏感なヨヨは何も言わない。きっと、信用してもいいのだろう。

「わたしは、エルネスティーネ」

「エルネスティーネ!?」

「え？」

エルが無意識でそう口にすると、身を乗り出すようにフォースターが迫ってきた。

「今、エルネスティーネと言っただろう？」

「ううん、言っていない……はず」

どうしてそんなことを口にしたのかわからない。エルネスティーネ――どこかで聞いたことのある名だが、覚えていない。一体、どこで聞いたのか。

「その名前、フォースターの知り合い？」

「いいや、娘が――」

「亡くなったアルフォネ妃？」

「ああ、そうだ」

フォースターの娘が、生前話していたらしい。子どもに名付けるとしたら、一人目はアルネスティーネ。二人目は、エルネスティーネと付けたいと。ドクン、ドクンと胸が激しく鼓動する。エルネスティーネの名を口にしてから、酷く落ち着かない気分になった。

フォースターの娘、アルフォネ妃はエルの母親である。エルには自分も知らなかった本名があり、それがエルネスティーネである可能性があるのだ。そこで疑問に思うのは、なぜ、モーリッツやフーゴは『エル』と略した形で呼んでいたのかということだ。

「えー、それで、お嬢さんの名は、エルでいいのかい？」

「――！」

今、この瞬間、エルは気付いた。アルフォネ妃が母親ならば、フォースターは祖父なのだと。どうして、今まで気付かなかったのか。その上、フォースターも独りであると話していた。エルとフォースターは共に天涯孤独の身。つまり、似た者同士なのだ。

「エル、でいい」

「では、エルと呼ばせていただこう。私のことは――パパと呼んでもらおうかな？」

「ヤダ」

「な、なぜだい？」

「フォースターはフォースターだから」

「エル……」

イングリットに、家名を呼び捨ては他人行儀で気の毒だろうと言われる。エルはしばし考え、提案してみた。

「だったら、おじいさん、でもいい？」

「おじいさんか。悪くないな」

悪くないと言いつつ、口元には弧を描いていた。

「それじゃあ、おじいさん、よろしく」

「ああ。エル、仲良くしよう」

「仲良くするのは、ちょっと……」

「な、なぜだい!?」

つれない態度のエルにフォースターは衝撃を受けつつも、どこか嬉しそうだった。

すぐさま、エルが過ごす部屋が用意される。

四つの柱で支えられた天蓋付きの豪華な寝台に、品のあるベルベットの寝椅子、ふかふかな絨毯など、贅が尽くされた部屋に執事が案内してくれた。隣にはエル専用の浴室があるらしい。大理石でできた猫脚のバスタブに、立派な洗面所が完備されているようだ。

イングリットが浴室をキョロキョロ見回し、ポツリと呟く。

「ん、ここは、水道が通っていないんだな」

一般家庭には、王都の近くを流れる川から水が引かれている。浄化魔法を経て、清潔な水が魔石を動力として届けられているのだ。その疑問に、執事が答える。

「フォースター公爵家は、六百年ほどの歴史があり、このお屋敷は王都に水道が引かれる四世紀前に造られたものになります。水回りは、メイドがすべて用意します故、特に水道は必要としていないのです」

「へぇー、そうなんだな」

屋敷全体に劣化防止の魔法がかけられているため、古くても問題なく暮らせるのだという。

「貴族ってすごいな！」

イングリットの言葉に、エルも心の中で頷いていた。部屋に戻ると、菓子と茶が用意されていた。

メイドがアツアツの紅茶をカップに注いでくれる。テーブルには、イングリットの分もあった。

「ん？　私は使用人枠じゃないんだな」

「よかった。わたしだけ、お姫様みたいな扱いを受けていたら、息苦しいから」

「そうかい」

メイドが下がっていなくなると、イングリットはクッキーを手に取り、プロクスへと手渡す。

『ぎゃう～～～（ありがと～～～）』

エルは紅茶を一口含む。芳醇（ほうじゅん）な香りと、豊かな茶葉の風味が口いっぱいに広がった。イングリットも同じように飲んで、顔を顰（しか）める。

「いかにも、お貴族様の、って感じのお上品な紅茶だな」

「うん、そうだね」

会話が途切れ、静かな時間が流れる。ようやく、エルはホッと安堵の息を吐いた。

「イングリット、なんとか、なったね」

「エルのおかげでな」

「違うよ。フォースターのおかげだよ」

「エルがフォースター公爵と縁があったおかげだ」

けれど、ずっとここにはいられない。これから先のことを、考えなければならなかった。

「とりあえず、魔石を作らないと」

「私も、魔技巧品作りをしたいな」

素材はある。問題は、工房だ。どうすればいいのかと、イングリットと二人で考えていたところに、フォースターがやってきた。続けて、何やら荷物を抱えた従僕(じゅうぼく)がやってくる。

「フォースター……じゃなくておじいさん。何？」

「服を買ってきた。見てくれ」

メイドが箱を開封し、一枚一枚広げて見せてくれる。

「すべて、エルのために用意したドレスだ」

エルはドレスを前に、顔を顰(しか)めてしまう。どれも、趣味ではなかったからだ。

「流行りのドレスは、気に入らないかね？」

「ん、ふつう」

「つれないな」

ドレスを見せびらかして満足したのか、メイドと従僕はすぐに下がらせた。

「どうだい、君に用意した部屋は？」

「豪華だね」

「気に入ったかい？」

「ふつう」

フォースターはエルの返答を聞き、「はははは！」と高笑いする。実に、嬉しそうだった。

「そうか、そうか。それはよかった。何か必要な物があれば、なんでも言ってくれ」

「工房。魔道具が作れるような、工房が欲しいの」

「ああ、工房か。魔法を使うから、特別な部屋がいいのだろう?」

　魔技巧品を作る工房は、設備が必要だ。まず、魔技巧品を作る最中で爆発が起きたとき、周囲を巻き込まないための結界が必要なのだ。そして、魔技巧品作りの素材は繊細だ。太陽の光に触れただけで、劣化するものもある。そのため、地下が好ましい。イングリットの家には地下部屋はなかった。その代わり、太陽光を一切通さない特別な遮光(しゃこう)カーテンがあったのだ。それも、イングリット自身が作った魔技巧品である。

「遮光カーテンは作れないこともないが、材料はすべて私の家にあるな」

　現状、回収は難しい。

「我が家の地下に、その昔、フォースター家と契約を結んでいた魔法使いの工房がある。使えそうだったら、好きなだけ利用するといい」

「え、いいの?」

「ああ。だが、長年、誰も出入りしていないが」

「今から、見に行ってもいい?」

「ああ。執事に案内させよう」

　執事の案内で、暗い地下の階段を進んでいく。灯(あか)りはなく、頼りは手に持った魔石灯のみだ。ヨヨを初めとする不思議生物たちは、部屋に置いてきた。エルとイングリットのみ、工房を目指す。

「年季は入っているようだが、かび臭くないな」

イングリットの呟きは、壁に反響して大きく響く。先頭を歩いていた老齢の執事は足を止め、振り返って言った。

「地下は長年使っていないようですが、毎日お手入れはしております故」

「お……そ、そうか」

独り言に反応があったので、イングリットは少しだけ気まずそうな表情を浮かべていた。エルはくすりと笑ってしまう。

「おい、エル。笑っている場合じゃないからな。足を滑らせるなよ」

「わかってる——わっ！」

後ろを振り向きながら喋っていたからか、エルは階段を踏み外しそうになった。体が傾くのと同時に、イングリットがエルの腰を支えたので転ばなかったが、言われたそばからこうなってしまい、気まずい。イングリットはエルを叱らず、黙って手を繋いだ。

「これだったら、大丈夫だろ？」

「うん」

エルはイングリットと手を繋ぎ、長い階段を下りていく。階段を下りた先は、延々と廊下が続く。カツン、カツンという足音だけが響いた。突き当たりに、見上げるほど大きな扉が現れる。

「こちらでございます」

鉄の扉には魔法陣が浮き彫りされていた。鍵は、魔法陣の中心に十字架を嵌め込むようだ。執事が窪みに十字架を合わせると、ゴゴゴゴと音を立てて扉が開く。

執事が道を譲り、手で中を指し示すので、イングリットとエルは部屋の中へ足を踏み入れた。

「わっ……！」

中に入った瞬間、灯りが点った。内部の全貌が、明らかになる。まず、目に飛び込んできたのは、壁一面を覆う本棚だ。天井まで続くそれらにぎっしりと、本が詰められていた。

「あの天井の本、どうやって取るんだよ」

「その前に、どうやって入れるんだろう？」

エルとイングリットの疑問に、執事が答える。

「手が届かない場所にある本は、題名を口にすると、手元に降りてきます」

「じゃあ、精霊大全集」

天井付近の本棚に収められた一冊の題名を、エルは口にした。すると、ひとりでにすっと本が引き抜かれ、手元にゆっくりと降りてきた。

「本当だ！」

「信じられない」

戻すときは、天井に向かって投げるようだ。イングリットは信じていないようだったが、エルは執事の言葉通りに本を天井に向かって放り出した。すると、一瞬宙で止まった本は、ゆっくりと本棚に収まっていく。

「どういう仕組みなんだよ」

「本当に、すごい」

この本棚は三世紀前に、魔法使いの間で流行った物らしい。どういう技術で作られたかは謎で、世界的にも珍しい物だと執事は解説してくれる。エルは改めて部屋を見回すも、ここは本棚に革の長椅子、テーブルがあるだけで、工房には見えない。エルが首を傾げていると、この奥にも部屋があると執事が言い、本棚に差されていた地味な装丁の本を押し込むと、そこが扉のように開いた。

「隠し扉だ！」

玩具を発見した子どものように、イングリットは叫ぶ。足を踏み入れると、灯りがパッと点った。

「ここが、工房？」

「みたいだな」

続き部屋になっており、そこには一面ガラス張りの棚があった。作業用の細長いテーブルに、三つの火口がある窯、大量生産用の大きな鍋など、魔技巧品や魔石作りに必要な環境が揃っていた。

棚の中を覗き込むと、宝石の裸石（ルース）がズラリと並んでいた。

「きれい……」

図鑑でしか見たことのない、稀少で高価な物ばかりであった。さすが、歴史ある公爵家の工房だと、エルはしみじみ思う。

「ここにある品は、どれもご自由にお使いいただくようにと、旦那様より仰せつかっております」

「これもか？」

イングリットが指さした棚に入っていたのは、金や銀の塊である。どれも宝石に負けず劣らず高価な物だ。

「ええ。ここにある物はなんでも、と」

「ずいぶんと、大盤振る舞いをしてくれるんだな」

執事は何かを言いかけたが、ぐっと口を閉ざす。

「何？　何か理由があるの？」

「言いかけてやめられると、公爵が怪しい人物に思えるぞ」

「いえ、旦那様は、悪いお方ではありません」

「話して。聞かなかったふりをするから」

　エルがそう言うと、執事はポツリポツリと話し始める。

「ここはかつて、お嬢様のお気に入りの場所でした」

「お嬢様って、この国の、王妃様……だった人？」

「ええ。魔法に大変興味があったようで、忍び込んでは、魔法書を読む毎日だったそうです」

　しかし、魔法への傾倒をよく思わなかったフォースターは、この部屋への出入りを禁じた。以降、親子は不仲となり、殆ど口を利かないまま、アルフォネは嫁いでしまったのだ。

「ご当主様は、その件を悔いているようで、お嬢様に許せなかった代わりに、あなた様に使っていただけるよう、許可したのでしょう」

　執事は頭を下げ、一歩下がる。棚の影になった場所に立ち、気配を消して闇に溶け込んだ。

　これ以上何も聞くなと言いたいのだろう。

「イングリット、ありがたく、使わせてもらおう」

「ああ、そうだな」

　こうして、エルとイングリットは、新しい工房を得た。

　エルは改めて、工房を見回す。道具は一通り揃っている。素材さえあれば、すぐにでも魔石や魔道具が作れそうだった。

「イングリットは、これからどうする?」

「そうだな。魔石バイクを仕上げたいところだが……」

大迷宮で手に入れた素材は、金色のスライムから得た『金』、ゴブリン・クイーンから採れた『魔弾ゴム』である。

「あとは塗料があれば、魔石バイクを造ることが可能だな」

「塗料は、キャロルが何か知っているかも」

「あー、いたな。そんなのが」

大迷宮で出会った、錬金術師のキャロル。好奇心旺盛な研究者気質の女性で、困っているところをエルとイングリットが助けた。性格に難はあるが、錬金術師としての知識と腕前は確かなものだ。

「一応、恩は売りまくっておいたからな。こちらが頼んだら、断れないだろう」

「だったら、先にキャロルに接触して、塗料について聞いてみる?」

「そうだな。ただ、どうやって会うかが問題だ」

フォースターに頼んだら、すぐに会えるだろう。ただ、これ以上頼るのも気が引ける。

「王城にある国家錬金術師の塔は、魔法使いの本拠地でもあるからな。あいつらは警戒心が強いから、地位も身分もない私たちがいくら希望しても、通さないだろう」

「うーん。フォースターに頼むしかないのかな」

「エル、すっごくイヤそうだな」

「フォースターにお願いをして、ニコニコされるのがイヤ」

「そうかい」

何か方法がないか考えていたら、イングリットがハッとなる。

「そうだ。鳥翰魔法があったな」

「ちょうかん、魔法？」

「ああ。連絡を取りたい相手に、鳥の翰のように羽ばたいて手紙が飛んでいく魔法なんだ」

「へえ、そんな便利な魔法があるんだ」

「その昔、広い森に散り散りになって暮らすエルフが考えた魔法なんだが」

「イングリットは、使えるの？」

「ああ。だが――送る相手の魔力の波動を、魔法式にしなければならない。残念なことに、私は他人の魔力を文字化することはできないんだ」

その昔、エルフの村には賢者がいて、個々の魔力を文字化していたらしい。それを使って、エルフたちは遠くにいる者と連絡が取れるようになっていたという。

「魔力の文字化、わたしはできるよ。キャロルのでしょう？　そんな複雑ではなかったよ」

エルは工房の棚を探り、ペンとインク、それから羊皮紙を取り出す。ペン先にインクを浸し、サラサラと文字を書いていく。

「エル……いいやエルサン、マジか」

「こんなの、さほど難しいことではないでしょう？」

「いや、今さっき、村の賢者にしかできないって、説明したばっかかだろうが」

「でも、わたしはできる」

「エルは、できるだろうな」

エルは満足げに、こくりと頷いた。喋っている間に、キャロルの魔力の文字化が完了した。

「はい、これ。キャロルの魔力。これを、イングリットが知っている鳥翰魔法の魔法式に組み込めば、連絡が取れるの？」

「ああ、取れる。問題なく、な」

「よかった」

せっかくなので、この場でキャロルへの手紙を認めることにした。

「二枚目に、何も書いていない紙を重ねて、裏に私の魔力を書き込み、私へ届くよう返信用の鳥翰魔法を作ることもできるんだ」

「へー、便利だね。でも、送った相手に文字化した魔力を渡すのは、あまりよくないかも？」

「言われてみたら、そうだな」

「もともと、仲間内で使う魔法だったんだもんね」

「ああ」

とりあえず、返信用の紙は同封しないでおく。フォースター公爵家と書いていたら、どこから出しても届くだろう。エルは魔石バイクに耐えうる、耐魔塗料の作り方や入手方法を知らないか、質問する旨を手紙に書いた。あとは、イングリットが手紙の裏に魔法陣を描き、鳥の形に折れば魔法は完成する。手先が器用なイングリットは、紙から一羽の鳥を完成させた。

地下から二階の私室に移動し、窓を開け広げる。イングリットは手のひらに折った鳥を乗せ、ふっと息を吹きかけた。すると、パタパタと翼を動かし、手紙の鳥は大空を飛んでいく。

「わっ、本当に、飛んでいくんだ」

「すごいだろう？」

「うん、すごい」

　これにて、ひとまず塗料については保留にしておく。

「さてと、エルサン」

　エルは身構える。イングリットがエルを「エルサン」と呼ぶときは、何かがあるのだ。

「イングリット、何？」

「言っていなかったが、ちょっとした問題が、ある」

　エルが「早く言って」と急かすと、イングリットはしゃがみ込み、エルと視線を合わせる。そして、肩を掴んで訴えた。

「魔石バイクの設計図は、下町の工房にある。設計図がないと、造れない」

「嘘でしょう？」

　イングリットの言葉に、エルはがっくりうな垂れてしまった。そして真顔で問いかける。

「自分で描いたのに、覚えていないの？」

「覚えているわけがないだろう」

「同じ設計図は、描けないの？」

「あのな、エル。設計図は途方もない魔法式の計算と、資料の引用と、過去のデータの引用と、作業中の閃きを基に、作られているんだ。魔法式が、資料が、データが、閃きが、頭の中に完璧に入っている奴なんて――」

「わたしは、一度見たり、読んだり、思いついたことは、忘れないけれど」

「そうだな。エルサンはそうだったな」

イングリットは遠い目をしながら、「完成した設計図をエルに見せておけばよかった」とぼやく。

「だったら、取りに行くしかないんだね。でも、下町の工房は人が押しかけている」

村の大火災と、黒斑病の原因を、誰かがエルのせいだと糾弾しているのだ。一体、誰が――というのは、考えても無駄だ。そっと、湧き上がる疑問に蓋をする。

どうすればいいものか、考えても案は浮かんでこない。

「一応、家の中に人が入れないよう、結界は張っているが、ある程度実力のある魔法使いならば、破っているだろう」

「そっか」

会話が途切れたのと同時に、トントントンと扉が叩かれた。

「誰?」

「私だよ」

「どこの、誰なの?」

「いや、エル。フォースター公爵だろうが」

イングリットは立ち上がり、扉を開く。

「おや、悪いね」

フォースターはニコニコ微笑みながら、エルの目の前に腰掛けた。

「公爵家の地下工房はどうだったかね」

「工房としては、なんら問題ない」

「そうか、そうか。それはよかった。何か必要な物はあるかい？」

「特に、何も」

「他に、困ったことは？」

フォースターに問われて、エルはサッと目を伏せる。そのわずかな反応を、フォースターは見逃さなかった。

「困っていることが、あるんだね？」

エルは唇を噛みしめる。すると、その反応を見たフォースターが嬉しそうに言った。

「あるんだろう？」

困っていると認めたくなかったが、認めざるを得ない。魔石バイクの設計図は、イングリットが一生懸命作ったものだ。エルの努力でどうにかなるものならば、フォースターには頼まないが、魔石バイクの設計図はどうにもならない。困っていると、認めるしかないだろう。

「さあ、エル。おじいさんに、相談してみなさい」

瞳をキラキラ輝かせ、フォースターはエルに圧をかける。これ見よがしに深いため息をついてから、エルは現在困っていることをフォースターに相談した。

「下町の工房に、大切な物があるの。でも今、騎士や捜索隊が駆けつけていて、近寄れなくって。街も、私の手配書が出回っているから」

「ああ、そうだったな。まったく酷い話だ。こんなにも愛らしい娘を、悪と糾弾するなんて」

「可愛いは、関係ないと思うけれど」

「いいや、ある。私の中ではね、可愛いは、正義なんだ」

これ以上突っ込まないほうがいいと思い、エルは「そう」と適当に返事をしていた。

「大切な物ならば、すぐに取りに行ったほうがいいな。魔法騎士隊が動く前がいいだろう」

魔法騎士隊——騎士の中でも魔法が使えるエリート中のエリートで、大半は貴族で構成されている。単独で一小隊ほどの戦闘能力を持つとも言われている、騎士よりもやっかいな者たちだ。

「では、今から取りに行こうか」

「フォースター公爵、それは、可能なのか？」

「私を、誰だと思っているのかね？」

フォースターは、国内でも三本指に入るフォースター公爵家の当主である自分は、いくら騎士が束になっても、逆らえない相手なのだと自慢げに語った。

「私は、国内一黒斑病を恨んでいると周知されている。現場に駆けつけても、なんら不審ではないだろう」

「でも、わたしたちに協力して、大丈夫なの？　匿っているって、バレたら大変じゃない？」

「そうならないように、二人とも変装をしてくれないか？」

「変装？」

「さあさ、時間がない。今すぐ支度を始めるんだ」

フォースターがパンパンと手を叩くと、使用人たちがどこからともなく現れる。すぐに、変装道具と服が用意された。

エルはまず、銀色の髪を隠さないといけない。フォースターの指示で用意されたのは、金の縦ロールの鬘（かつら）だ。侍女が数人がかりで、器用に装着してくれる。そして、次に用意されたのは、薄紅色の派手なドレスだ。

「うわっ……」

エルには到底似合うとは思えない、愛らしい一着である。あまりの派手派手しさに思わず引いてしまったが、これも問答無用で着せられた。これで終わりと思いきや、軽く化粧も施される。白粉(おしろい)を塗り、頬紅をはたかれ、口紅が塗られる。鏡の向こうに映ったエルは、エルではないようだった。

侍女が下がったあと、鏡を改めて覗き込む。

「これが……わたし!?」

背後で見学していたヨヨが『似合っているじゃん』と言う。

「変だよ、こんな、派手なドレス」

「猫くんの言う通り、似合っているじゃないか」

エルを褒めながら部屋に入ってきたのは、裾の長いエプロンドレスに身を包んだイングリットだった。エルフの特徴である長い耳は、ツバの広いボンネット帽に隠されている。銀縁眼鏡が、妙に似合っていた。

「え、イングリット、なの?」

「そうだが?」

「すごい。イングリット、可愛いよ」

「は!?」

褒められると思っていなかったのか、イングリットの頬は赤く染まる。

「可愛いって、褒めたの」

「いや、聞き返したんじゃなくて……」

「可愛い」

念を押すように言うと、イングリットは赤面しながら「わかった、私は可愛い」と言って素直に受け入れた。身支度が整ったら、フォースターと落ち合う。金髪縦ロールのエルを見た瞬間、フォースターは、その場に頽(くずお)れた。

「ああ……地上に天使が、舞い降りてしまった……！　私が選んだ流行の服が、彼女に似合いすぎる……！　可愛い……可愛すぎる。まさしく、可愛さの天才だッ！」

フォースターはぐっと拳を握り、よくわからない内容をまくし立てている。エルは真顔で、執事に問いかけた。

「あれ、大丈夫なの？　お医者様、呼ばなくてもいい？」

「大丈夫でございます。旦那様は、正常です」

執事は表情も変えずに、淡々と言い切った。よくあることなのだろう。エルができることは、なるべく相手にしないことだけだった。思いの丈を言葉として発したフォースターは、満足したのか落ち着きを取り戻し、サッと立ち上がる。

「――さて、行こうか」

エルとイングリットは、同時に頷いた。フォースター公爵家の家紋が付いた馬車に乗り込む。フォースターが馬車の天井を杖で突いたら、馬車は動き始めた。カーテンを少しだけ開くと、街の様子が見える。広場では、誰かが民衆に語りかけていた。この街に黒斑病を蔓延(まんえん)させる、悪魔が降り立ったと。

イングリットはカーテンを閉ざし、エルの肩を抱き寄せる。見るな、聞くなと言いたいのだろう。

「ねえ、おじいさん。もしも、わたしが黒斑病を流行らせる悪魔だったら、どうする？」

「おい、エル。何を言っているんだ」

エルは自分でも、そう思う。しかし、黒斑病の感染が広がる原因はエルのせいだと訴える者がいて、信じる者たちもいたら、「そうなのかもしれない」と受け入れてしまいそうになる。

フォースターはエルの言葉を聞いて、ふっとおかしそうに笑った。

「君が、黒斑病を流行らせる悪魔だって？　ならば、私は余計に君を受け入れなければならないだろう」

「どうして？」

「黒斑病は、私への罰だ。私はね、こう見えて昔は、財産と地位を誰よりも手にしたいと思う、狡猾な欲深な男だったんだよ」

一時期は、国王よりも偉くなりたいなどと、思う日もあったくらいだという。

「娘を王妃にして、宰相の地位に納まり、国王からも絶大な信頼を得ることとなった。しかし――気付いたときには、私は独りだった」

フォースターの言う〝独り〟が、どういう意味なのか、エルにはわからない。返す言葉も見つからないまま、話の続きを聞く。

「近しい者たちは私を恐れ、妻からは愛想を尽かされ、王妃にまでしてやった娘は、黒斑病であっさり死んでしまった……！」

現在、国王には後妻を迎える話が浮上しているそうだ。

「女性の即位は検討されているが、まだ未定だ。もしも、迎えた後妻が男児を産めば、その子が国王となるかもしれない。そうなれば私は、たちまち失脚するだろう。黒斑病の治療方法を知る友さえ戻れば、なんとか私の居場所は守れると、思っていたんだ」

フォースターの言う友とは、エルの師匠であるモーリッツだ。

「しかし、彼はもう……」

フォースターはじっと、エルを見つめる。その瞳は、仄暗(ほのぐら)いものであった。

「君が、黒斑病の悪魔だというのならば、私の命を、喰らってくれ。もう、私は十分生きた。早く、楽になりたい――」

フォースターと出会ったときに抱いた警戒心は、間違いではなかったのだ。彼は実に狡猾な男で、成功のためならば実の娘も差し出す、悪魔のような男だったのだ。

けれど、今の彼はそうとは思えない。フォースターは罪を後悔し、罰を望んでいる。

「違う。わたしは、黒斑病の、悪魔じゃない」

「私の罪は、裁かれないのだな」

「いいえ。あなたにとって、一番の罰は、黒斑病で死ぬことではない。生きることが、一番の罰になる。だから、誰よりも長く、生きなければならない」

フォースターは目を丸くして、驚いていた。無理もないだろう。子どもが、大人に罰について説(と)いているのだから。

「やはり君は――私の天使だ」

「違うから」

エルがぴしゃりと言い返すと、フォースターは淡く微笑んだ。

下町の狭い道は、大きな馬車では通れないので、途中に馬車を停めてイングリットの家まで歩くことになった。

「さあ、手を」

フォースターは微笑みながら、手を差し出す。手なんて借りなくてもいいと思っていたが、すぐ近くで「あっちにいるぞ!!」という怒号が聞こえた。エルの中に、緊張が走る。

「大丈夫だ。追っているのは、君ではない。さあ、私の手を取って」

フォースターについては、正直に言えばまだ信用していない。いつ、手のひらを返すか、わからない相手である。けれど――。

「私みたいな老いぼれでも、君と、君の大事な人くらいは、守れるよ」

この言葉は、どうしてか不思議と信じてみようという気になれた。エルはフォースターの手に、指先を重ねる。互いに手袋を嵌めているため、体温が伝わることはない。けれど、どうしてか温もりに似た何かを感じてしまった。

一歩、馬車の外に足を踏み出した瞬間、びゅうと強い風が吹く。風に乗って、黒斑病の悪魔について書かれた新聞が飛んできた。エルが唇を噛みしめるのと同時に、フォースターが新聞をぐしゃりと思いっきり踏みつける。それだけでは終わらず、蹴ってどこかへと飛ばしていた。

呆気に取られていたエルであったが、次第におかしくなって笑ってしまう。

「おじいさん、何を、しているの？」

「腹立たしい記事が見えたものでね。思わず、蹴ってしまった」

「足が折れるかもしれないから、やめて」

「紙に蹴りを入れたくらいで、足なんか折れるわけがないだろう」

「わからないから」

フォースターの飄々(ひょうひょう)とした物言いもおかしくって、笑いが止まらない。さんざん笑ったあと、ふとエルは思う。一方的に、傷つけられるだけなんて損だ。相手が雑に扱ってくるのならば、同じように返したらいい。不快な記事の載った新聞紙を力任せに蹴った、フォースターのように。

自分の心を守れるのは、自分しかいない。大事にしなくてはと、エルは考える。

背後を振り返ると、イングリットが澄ました顔で歩いていた。周囲に多くの騎士が行き交っているが、気にする様子は微塵(みじん)もない。エルもイングリットを見習って、堂々と歩かなければと己を奮い立たせる。十分ほどで、イングリットの工房に辿り着いた。想像通り、人だかりができている。二十人くらいの騎士の周囲を、何事かと集まった下町の者たちが囲んでいた。まだ、イングリットの張った結界は展開されていて、誰も入れていないようだった。エルはイングリットを振り返り、微笑みかける。イングリットは安堵を含んだため息をついていた。

騎士たちは扉に体当たりしたり、鉄の棒で窓を叩いたりしていたが、ビクともしない。イングリットは、かなりの強度の結界を張っていたようだ。

「さて、と」

フォースターは引き連れていた従僕に目配せする。何か、始めるようだ。

「皆の者、静まれッ！　フォースター公爵がおなりだ！」

その一言で、喧噪がピタリと止む。皆、エルとフォースターのほうへ注目する。

「ここの、責任者はいるかね？」

「はっ！」

四十代ほどの粗野な雰囲気の騎士が、駆けてくる。責任者という割には精鋭という感じではない。きっと、まだ上層部が動いていないのだろう。エルから見ても、末端の者だろうと予想できた。

「あの、閣下は、何をしに、こちらへ？」

騎士の質問に対し、フォースターは手に持っていた杖を壁に強く打ち付ける。人の体重を支えても壊れないように作られている丈夫な杖は、二つに割れてしまった。それほど、力が入っていたのだろう。騎士は「ヒッ！」と短い悲鳴を上げる。瞬く間に、顔色が真っ青になった。

「何を、だと？　私の娘の最期を、知らないと言わせない！」

「そ、そう、でしたね。亡くなった、王妃様は――」

「黒斑病で、死んだ!!」

フォースターの演技力はかなりのものだった。この場にいる騎士の誰もが、フォースターの怒りを本気のものだと思い、萎縮している。

「ここに、黒斑病を広めた悪魔が滞在していたと耳にして、もしかしたら、娘の死について、何かわかることがあるかもしれない。そう思って、やってきたのだ」

「さ、左様でございましたか」

フォースターが一歩踏み出すと、人垣が割れていく。イングリッドの自宅兼工房の扉が見えた。

「あ、あの、公爵閣下。その、どうやら家には、結界が、張られているようで――」

「フォースター公爵家専属の魔法使ぃを連れてきている。心配ない」

魔法使ぃとは、イングリットのことである。設定については、馬車の中できちんと話し合っていた。イングリットが「専属魔法使ぃだったら、メイド服を着なくてもよかったのでは？」と疑問を口にしたが、エルとフォースターは窓の外を眺めて聞いていないふりをしていた。

一歩、一歩と玄関へ近づく。エルの胸は、ドキン、ドキンと高鳴っていた。

「あ、あの、公爵閣下。そちらのお嬢様は？」

騎士が指し示す「お嬢様」とは、エルのことである。ここに来て、まさか聞かれるとは。エルはフォースターの手を、ぎゅっと握る。エルも従者だという設定を考えていたが、ここまで手を繋いで来てしまった。とても、使用人には見えないだろう。

「その、お孫さんでは、ないですよね？」

「まあ、そうだな」

「では、一体――？」

「私はね、可愛い少女が好きなのだ」

「え？」

「可愛い少女が、好きだと言っている。二度も、言わせるな」

フォースターは騎士に圧力を与え、これ以上喋らせないようにする。少女が好き――その一見無茶苦茶な主張に、物申せる者など、この場に一人もいなかったのだ。

ようやく、玄関まで辿り着いた。フォースターの機転のおかげだ。少女を愛する趣味があると思われてしまったが、事情が事情なので仕方がない。エルはフォースターの犠牲を、決して忘れない。

イングリットが玄関扉の前にしゃがみ、結界を解こうとした瞬間――背後より話しかけられる。

「その結界、なかなか頑固でしょう？」

振り向くと、黒髪の美女が立っていた。タイに刺された、竜のエンブレムが揺れる。にっこりと微笑む黒髪美女の服装は、魔法騎士隊のものだった。

美しく巻かれた黒く長い髪が、風が吹いてさらりと優雅に揺れる。フォースターへにっこりと微笑みかけていたが、瞳の奥は決して笑っていない。結界解除の仕事をしたいので、さっさとどいてくれと暗に物語っていた。対峙したフォースターも、微笑みを返す。もちろん、こちらも本当に笑っているわけではない。私が先に来たのだ、若造よ、邪魔をするなという意味を含んだものである。二人は目には見えない火花を、バチバチと散らしていた。

「君は――すまない。初対面だったかな？　美しい女性の名前を、忘れるはずはないのだが」

「これはこれはフォースター公爵閣下。名乗るのが、先だったね。私は魔法騎士隊第一機動隊、第三席のジョゼット・ニコル」

「ああ、噂の、〝神速の炎槍〟か！」

「神速の、炎槍？」

「彼女は炎魔法を得意としている、魔法使いなんだよ。大量の魔物の群れを、一瞬にして炎で作った槍で串刺しにしたことから、呼ばれるようになったと聞く」

話を聞いていると、結界の解除ができる魔法使いとはとても思えない。

「この工房の結界は、よくできている。第三者が無理矢理解こうとしたら、もろとも爆発するように展開してある。さすが、エルフの作った結界だ！」

ジョゼットが「エルフ」と口にした瞬間、緊張が走る。エルとイングリットに、何かを探るような視線を向けたからだ。

「私の連れに、何か用かね？」

「いや、珍しく人を、連れているなと思って。誰も寄せ付けず、話を聞かず、味方を作らず、どんどんバリバリ仕事をこなすことから、〝独裁者〟と呼ばれていたという話を聞いていたけれど」

「私も、老いから来る孤独に、勝つことはできなかったのだよ」

エルフと呼んだ瞬間にこちらを見たのは、フォースターが珍しく人を連れていたからだったらしい。エルは内心ホッと胸を撫で下ろす。そもそも、ジョゼットは「エルフ」と言った。もしかしたら、この工房に住んでいたのが「ダークエルフ」だという情報を把握していないのかもしれない。

イングリットは日頃から、頭巾を深く被って外を出歩いていた。近所付き合いもほぼしていない。物語の中で常に悪役とされるダークエルフが忌み嫌われていることを、知っているからだ。そのため、彼女自身がダークエルフであるという情報を知っている者自体少ないのだろう。

現在も、顔はツバの広いボンネット帽で隠されており、手や足も露出していない。動揺を見せずに堂々としていたら、気付かれることはないだろう。エルはほんの少しだけ安堵していたが、ジョゼットの発言を聞いてギョッとすることとなった。

「関係者がざっと、魔法式を確認した結果、結界を解除するより、結界の核ごと破壊したほうがいい、という話になって、それで私が派遣されたのだけれど」

「無理矢理結界を破壊したら、爆発するのではないのかね？」

「考えもなしに破壊したら、爆発するだろうね。けれど、結界を成り立たせる核を壊したら、結界は穏便に消滅する」

力任せに破壊する、というわけではなかったようだ。

「すまないが、先に私たちたちが到着したのだから、結界解除の権利は譲ってもらおうか」

「残念ながら、先着順ではないんだ。私は、騎士隊から委任状を預かっている」

ジョゼットは羊皮紙を取り出し、フォースターに見せた。それを見たフォースターは、目を眇めて紙面を確認する。が、次の瞬間には羊皮紙を掴んで、破り捨ててしまった。

「ニコル君。私を誰だと思っているのかね？」

フォースターの問いかけに、ジョゼットは笑い声を上げる。フォースターは明らかに、怒っているようだった。

こんな状態では、イングリットが結界を解くことはできないだろう。イングリット自身が、術者のダークエルフだとバレてしまう。

こうなったら、この場で結界解除ができるのは、エルだけだ。扉に刻まれた呪文は、以前読んだ本にあった古代の結界魔法によく似ていた。独特だが、解けなくはない。この世に、完璧な魔法はないのだから。

「フォースター、時間がもったいない。わたしが、結界解除をする」

「お、おい！」

イングリットが何か言おうとしたが、エルは唇に手を添えて黙らせる。

「おや、あなたは公爵閣下の可愛いお人形さんだと思っていたが、魔法が使えると？」

明らかに、バカにしたような態度だった。エルはジョゼットをジロリと睨む。

「わたしは、結界解除が、できる」

「面白いね。誰にも気を許さないような、その鋭い目つき。フォースター公爵閣下の眼差しと似ている。類は友を呼ぶ、というわけかな？」

ジョゼットの言うことは無視して、エルは周囲の者たちに忠告する。

「今から、結界の解除をする。失敗したら、工房ごと爆発する。巻き込まれたくない人は、ここから逃げたほうがいい」

エルの話を聞いた下町の者たちは、悲鳴を上げながら散り散りとなった。あろうことか、騎士たちも逃げている。それを、ジョゼットは冷ややかな視線で見送っていた。

「では、お手並み拝見させてもらおうか」

「あなたは、逃げないの？」

「面白そうだから、見学させてもらうよ」

ジョゼットは無視して、フォースターのほうを見る。

「あなたは、逃げたほうがいい」

フォースターだけではない、イングリットもだ、と視線で訴える。

「いや、もしも君が死ぬときは、私も一緒だ」

「フォースター……」

イングリットはどうするのか。エルはじっと見つめた。目を伏せていたイングリットだったが、顔を上げ、そして、決意を口にした。

「私も、残る。信じているから」

信頼の言葉に、胸がじんと震える。イングリットの言葉は、エルの励みとなった。

絶対に、失敗なんてしない。そう確信しながら、エルは呪文が刻まれた扉の前に片膝を突いた。

バタバタと人が去りゆく足音を聞きながら、エルは必死に魔法式の分析をしていた。似ているものは、いくつか知っている。大丈夫、きっと。エルは自らに言い聞かせていた。

背後に、ジョゼットがいるのは感じていた。特に、自らを守る結界を張っている気配はない。

〝神速〟と称されるだけあって、何か起こった瞬間でも対策を取れる自負があるのだろう。

絶対に、失敗できない。フォースターの顔にも、泥を塗る結果になってしまう。それどころか、命を奪いかねない。緊張から手が震え、額に玉の汗が浮かぶ。一度、落ち着かなければ、動揺に引っ張られて、失敗してしまう。息を大きく吸い、吐き出す。それでも、心は落ち着かない。

「――焦っているなら、やめたほうがいい」

ジョゼットはわざわざエルの隣にしゃがみ込み、悪魔のような囁きをする。イングリットが刻んだ結界の呪文を、指先で艶めかしくなぞり、エルの耳元で囁いた。

「この魔法は、お嬢さんみたいな未熟者が、解けるものではない」

怪しい手つきで呪文に触れるジョゼットの手を、エルは払った。そして、彼女の名前に魔力を込めて叫んだ。

「〝ジョゼット・ニコル〟！　わたしの、邪魔をしないで！　ここから、立ち去って！」

魔法使いにとって、名前はそのまま相手を縛る呪文の一つとなる。もしも、他の魔法使いに知られたら、従属させられる可能性があるのだ。エルはモーリッツから習った、魔法使いに強制命令する魔法を初めて使用した。しかし――ジョゼットは微笑みを深めるばかりであり、平然としていた。

「申し訳ない。ジョゼット・ニコルという名前は、偽名なんだ。本名は、別にある」

エルも薄々そうだろうと思っていた。魔法使いが別の魔法使いの前で、おいそれと全名を名乗ることは稀だ。先ほどの魔法は、エルの意思を見せる牽制でもあったのだ。

「でも、驚いた」

ジョゼットは立ち上がり、一歩立ち退く。

「お嬢さんの魔力、ビリビリしていて、隣にはいられそうにない」

「だったら、離れていて」

「そうするよ」

ジョゼットは視界から消えたものの、エルの心はざわついたままだった。どうしたら、落ち着くのか。魔法関係でこのように心が掻き乱されたのは、初めてだった。こういうときにどうしたらいいのか、モーリッツは教えてくれなかった。震える手で、イングリットの呪文に触れる。指先が定まらず、解呪に移れそうにない。

「大丈夫だ」

声をかけたのは、イングリットだ。隣にしゃがみ込み、エルの震える手を握った。

「今まで、失敗なんかしなかっただろう？　いつも通り、やればいいんだ。そして私に、エルサンは流石だな、と言わせてくれ」

「できると、思う？」

「ああ、思う。こんなの、エルの敵ではないだろう」

不思議なもので、イングリットが握ると、エルの手の震えは収まった。

「ねえ、もう片方の手、握っていて」

魔法に使わないほうの手を、イングリットが握ってくれる。すると、驚くほど心が落ち着いた。

もう、大丈夫。イングリットの言う通り、今までできなかったことなどなかったのだ。

エルは呪文に手を這わせ、解呪の魔法を唱えた。侵入者を拒む呪文を受け入れるものへと上書きし、どんどん魔法式を解いていく。呪文がバチン、バチンと弾ける。結界が、解呪を拒絶しているのだろう。少々指先が痺れたが、先ほどの緊張に比べたら痛くも痒(かゆ)くもない。

額の汗を、イングリットが拭ってくれた。一人ではない。その思いが、エルを強くしてくれる。

最後の術式を解いたら、イングリットの結界はきれいさっぱり消失した。

「嘘だろう？」

「本当だよ」

イングリットはエルを抱き上げた状態で立ち上がり、自慢するように見せびらかしていた。

「彼女は、最強なんだよ！」

フォースターは誇らしげな表情で、手を叩く。エルは淡く微笑んだ。すると、フォースターは「うっ！」と呻(うめ)き、胸を押さえてその場にしゃがみ込む。

「ねえ、どうしたの？　具合が、悪いの？」

エルはフォースターの背中を優しく撫でながら問いかける。

「いや、あまりにもすてきな笑顔だったから、胸がキュンとして……！」

「紛(まぎ)らわしいことをしないで。年齢を考えて」

辛辣(しんらつ)な言葉を返すと、フォースターの背中はぶるぶると震えていた。笑っているようだ。

「何がおかしいの？」

「いや、君は、そうでなくては、と思ってね」

立ち上がろうとすると、手が差し出される。ジョゼットの手だった。エルは掴まずに、自分の力で立ち上がった。

「驚いたな。まさか、この結界を解いてしまうなんて」

「別に、集中さえしていたら、失敗なんてしないし」

ジョゼットは顎に手を当て、何か考えるような仕草を取ったあと、エルに問いかける。

「お嬢さんの名前を、聞いてもいいかい？」

「答えるわけがないでしょう？」

「それも、そうだな。今回は、私の負けだ」

ジョゼットはそう言って、踵を返す。背中越しに、エルとイングリットに手を振った——かと思えば、一瞬で姿を消す。

「あれが、〝神速〟のジョゼットか？」

「みたい」

「厄介そうな奴に、目を付けられたな」

「もう、会うことはないから」

「どうだか」

ひとまず、邪魔な騎士や魔法騎士はいなくなった。魔石バイクの設計図を回収するなら、今しかないだろう。あまり、長居はできない。騎士隊も、すぐに戻ってくるだろう。やっとのことで家に入れたイングリットが走って部屋に行こうとした瞬間、エルは引き留めた。

「イングリット、これ、使って！」

エルが差し出したのは、魔法鞄である。中身は空にしておいた。イングリットの大事な物は、魔石バイクの設計図だけではないだろう。

「必要な物、全部詰めていいから」

「エル、ありがとう。でもこれ、おじいさんから貰った、大事な物なんだろう？」

「いいから！　少しだけ、貸してあげる！」

「感謝する！」

イングリットはエルから魔法鞄を受け取り、走って二階まで上がっていった。エルの私物は、すべて魔法鞄の中に詰めてあった。そのため、この家の中に必要な品はない。結界の解除が成功して、本当によかった。改めて、胸を撫で下ろしていたら、背後にいたフォースターから話しかけられる。

「おじいさんとは、誰だね？　君に、おじいさんがいたのか？」

「お父さんがいるんだから、おじいさんだっているよ」

「どこの誰なんだ！　おじいさんとしての気持ちならば、負けていないぞ！」

意味のわからないことを言っている。エルは「はあ」と盛大なため息をつき、呆（あき）れたふりをしていた。というのも、理由がある。イングリットがエルに言う〝おじいさん〟は、モーリッツだ。フォースターの親友でもある。まだ、エルは心からフォースターを信用したわけではない。すべてを、話すつもりはなかった。

「どっちのおじいさんが、好きなのかね？」

「バカなことを言わないで」

「私は真剣なのだよ！　私のほうがね、君を、幸せにできるんだ」

はー、はー、はーと、フォースターの息遣いが荒くなる。ヨヨを連れてくればよかったと、エルは後悔していた。

「それ以上わたしに近づいたら、絶交するから」

「ぜ、絶交だと!?　そ、そんなの、できるわけがない。君は、追われているのだろう？　行き先なんて、他に、ないはずだ」

なぜ、ここまでフォースターに好かれているのか、エルにはわからない。ただ一つだけわかるのは、本当の孫だとわかったら、今まで以上に遠慮なく好かれるだろう、ということ。

絶対に、口にできる情報ではない。

「う、嘘でもいいんだ。私のほうが、好きだと言ってくれ！」

「嘘でいいんだ」

「いいっ!!」

あまりにもキッパリ言い切ったので、エルは笑ってしまった。

「ああ……笑顔が、大天使……！」

フォースターは床に膝を突き、胸を押さえている。笑っただけでこんなにも喜ぶなんて、面白い人だ。エルは、しみじみ思ってしまう。しかたないので、嘘の〝好き〟を言ってあげることにした。

「嘘だけど、私は、フォースターおじいさんが、一番好きだよ。嘘だけど」

念のため、二回嘘だと言っておく。それでも、フォースターは嬉しかったようだ。「我が人生に悔いなし!!」と言って、目を閉じ、微かに震えていた。

少し、サービスしすぎたか。エルは、明後日の方向を向き考える。だが、これだけ喜ばせておけば、しばらく世話になっても文句は言わないだろう。そういうことにしておいた。

十分ほどで、イングリットは戻ってきた。

「え、何これ?」

イングリットが見たのは、エルの前に片膝を突き、祈りを捧げているフォースターの姿だった。窓から、いい感じに光が差し込んでいる。

「私の可愛い可愛いエルが、大天使すぎて、思わず祈りを捧げてしまったんだ」

「バカなことをしていないで、早く帰ったほうがいい。騎士隊が、こっちに向かっている」

「そうだな。とりあえず――」

立ち上がったフォースターは、思いがけない行動に出る。扉を蹴破ったのだ。そして、叫んだ。

「この、人殺しがっ!! 何も、証拠など、ないではないか!!」

ちょうど、騎士隊が到着していたようで、フォースターの荒ぶる様子に目を剥いていた。

「閣下! 落ち着いてください!」

「落ち着けるものか! 娘は、殺されたんだ! 犯人を、殺してやるっ!」

大した演技力である。皆、本当にフォースターが乱心していると思っているようだ。ここでタイミングよく、フォースター公爵家の秘書や使用人がやってくる。

「旦那様、馬車を用意しました」

「うるさい! 火を、火を放ってやる」

「旦那様、どうか、お心を鎮めて」

「ええい、放せ!!」

フォースターは使用人に引きずられるように、その場を離れる。エルとイングリットも、あとに続いた。フォースターの迫真の演技のおかげで、現場から無事離脱できた。

フォースター公爵邸に辿り着く。追っ手もいないようだ。

玄関から入り、パタンと扉が閉められ、執事が施錠する。ここで、エルは胸を押さえて安堵した。

フォースターは笑顔で話しかけてくる。

「さて、目的の品も入手したようだし、生クリームをたっぷり絞ったココアでも飲もうか」

「おじいさん、呑気にココアなんか飲んでいて大丈夫なの？」

「大丈夫、とは？」

「イングリットの家から出てきたところを、たくさんの騎士に目撃されたでしょう？」

「ああ、そうだね。だから、怪しく思われないように、娘の件で情報が手に入らずに大暴れし、連行されるという一連の演技をしてきただろう？」

あれだけで、大丈夫なのか。エルは不安になる。

「おじいさんの行動は、怪しく映らない？」

「心配はいらないよ。そもそも私は、今までまともな行動を起こしてきた記憶がない」

「たとえば？」

「うーん、そうだな。何から話せばいいのか。人が死んでいないのがいいのかな？」

「やっぱりいい。聞きたくない」

エルがバッサリ切り捨てると、フォースターは眉尻を下げて悲しそうな表情をする。

「ココアを一緒に飲むだけだったら、いいよ」

「ほ、本当かい!?」

「その代わり、ココアには、ホイップクリームじゃなくて、マシュマロを浮かべてほしい」

しょんぼりしていたフォースターの表情が、一気にパッと明るくなる。

「そうか、そうか！　エルはマシュマロが好きなのだね！　百個でも、二百個でも、載せるといい」

「そんなに載るわけないでしょう？」

「それもそうだな」

フォースターは上機嫌な様子で、使用人を振り返る。

「マシュマロを浮かべたココアを用意するように。いいか？　百個も二百個も載せるんじゃないぞ」

浮かれたフォースターの命令に、使用人たちは表情を崩さず会釈した。イングリットは部屋で魔石バイクの設計図を見直すと言う。フォースターと二人きりになりたくなかったエルは、執事にヨヨやプロクス、フランベルジュを連れてくるよう頼んでおいた。長い廊下を、フォースターと並んで歩く。

「さてさて、ココアを飲みながら、どんな話をしようか。私のお嬢さん（エル）？」

「おじいさんのじゃないから」

「言うだけなら無償（タダ）だろう？」

「ダメなの」

「そうか」

エルが冷たくあしらえばあしらうほど、フォースターを喜ばせてしまう結果となる。一体、どんな態度で接すればいいのか、いまだにわからない。ただ、フォースターはエル自身を気に入っているわけではなく、娘の面影がある自分に、親しみを覚えているだけだろうとエルは考えていた。

「ねえ、おじいさん。おじいさんの、本当の孫も、わたしみたいに、可愛がっているの？」

フォースターは動きを止め、引きつった表情となる。いつも飄々としているフォースターが、このような顔を見せるのは珍しい。

「聞かないほうが、よかった？」

「いいや、そんなことはないよ。私はね、孫娘に、怖がられているんだ」

「どうして？」

フォースターの指先が、ブルブルと震えていた。エルは心配になり、ぎゅっと握る。とても冷たくて、驚いてしまった。

「冷たい手」

エルはそう呟き、フォースターの手を両手で包み込んだ。

「そんな……君は、絶妙なタイミングで、私に優しくしてくれるんだね」

「弱っている人には、優しくしないといけないから」

「ますます、君のことが、好きになってしまいそうだ」

これ以上好きになってもらっては困る。そう思ったエルは、手を離した。

「すまない。恥ずかしいところを、見せてしまった」

「大丈夫。いつものわたしに対するおじいさんの発言のほうが、恥ずかしいから」

「そうだったか。よかった」

　果たして、それはよかったのか。エルは考えるが、答えは見つからない。エルがじっと見つめていると、フォースターは潤んだ瞳を向けながら語り始める。

「孫娘はね、私が王妃を殺したと思っているんだよ」

「王妃様は、黒斑病で亡くなったんでしょう？」

「ああ、そうだ。だが、黒斑病患者がいる村に行くよう指示を出したのが私だと、誰かが吹き込んでいたようなんだよ」

「そっか」

　それが本当か嘘か、エルは問いただすつもりはない。自らが見たフォースター像だけを、信じているから。フォースター自身や、人が語る彼を信じるつもりは毛頭なかった。立ち話ではなんだからと、フォースターは居間へエルを誘う。そこには、マシュマロを浮かべたココアが用意されていた。甘いココアの匂いが、部屋の中に漂っている。エルの希望通り、ヨヨやプロクス、フランベルジュも連れてこられていた。

『エル、おかえり～』

『ぎゃう！（おかえりなさい）』

『意外と早かったな』

「うん、ただいま」

　返事をした瞬間、エルはギョッとする。なぜか、意識のないネージュまでも、一人掛けの長椅子に座らされていた。続けてやってきたフォースターは、目ざとくネージュの存在に気付く。

「このぬいぐるみは⁉」

ネージュはもともと、フォースターが娘へ贈った品だった。きちんと覚えていたのだろう。エルはしまったと、血の気が引く思いとなる。

イングリットに魔法鞄を貸したので、私物はすべて部屋に置いていたのだ。使用人が誤って持ってきてしまったのだろう。

「このルビーの赤い瞳に、雪鼬(ゆきいたち)の毛皮……！　間違いない、私が娘に贈ったぬいぐるみだ！　なぜ、ここにあるんだ⁉」

フォースターは知らないのだろう。ぬいぐるみは新しく核となる魔石が追加され、娘から孫娘へと所有者が変わっていたことを。

「まさか、娘の遺品部屋から、持ってきたのか⁉」

フォースターは恐ろしい形相(ぎょうそう)で、使用人を問いただしていた。

「そ、それは……！」

持ってきた張本人であろう使用人は、顔面を蒼白にし、ガタガタと震えている。エルはどうすればいいのか、わからなくなる。ここで、フォースターの孫であると、言ってもいいのか？

心の中にある何かが、それは今ではない、と訴えているような気がした。

「早く、答えろ!!」

『うるさいですわ!!』

フォースターの言葉にぴしゃりと言い返したのは、凛(りん)とした女性の声。

ネージュがもぞりと動き、『ふわ～』と欠伸(あくび)をしていた。

『せっかくいい気持ちで眠っていたのに、起きてしまったではありませんか』

ネージュはむくりと起き上がり、腕をぶんぶん振り回したあと、長椅子から飛び降りた。

『声の大きいあなた、どなたですの？』

「私は、フォースター公爵家の当主だが」

『ふーん』

「君は？」

『わたくしは、ネージュ！　この通り、騎士ですわ』

腰に下げていた剣を引き抜き、ぶんぶん振り回す。

『あなた、あんまり、大きな声を出して、威圧しないほうがよろしくってよ。まったく、紳士的ではありませんわ』

「そ、そうだな。気を付けよう」

フォースターの返しに満足したのか、ネージュはうんうんと満足げに頷く。続いてネージュは、エルのほうを見た。澄んだ赤い瞳と、視線が交わる。

やっと目覚めた。嬉しい。本当ならば、駆け寄って抱きしめたい。けれど、エルは体が石像になったように、動かなくなってしまう。

「あ、あの……」

『あなたは？』

「え？」

『なんてお名前ですの？』

「名前って、わたしの、名前？」

『ええ、そう』

一瞬、彼女の質問の意味がわからなかった。ヨヨがそばに来て、代わりに答えてくれた。

『この子の名前は、エルだよ』

『まあ、エル、とおっしゃいますのね。可愛らしい名前ですわ』

ネージュはまるで、初めてエルの名前を聞いたような反応を示す。それで、エルは気付いた。

ネージュから、エルに関する記憶がなくなっているのだと。

『エル、よろしくお願いいたします』

「うん……よろしく」

エルは差し出されたネージュの手を、両手でぎゅっと握りしめた。瞬間、ネージュはハッとなる。

『わたくし、あなたと一緒にいなくては、いけないような気がするの。よろしくて？』

「うん、一緒に、いよう」

手と手を取り合う様子を見たフォースターが、何か閃いたようにポンと手を打つ。

「そうか。このぬいぐるみは、エルを守るために、目覚めたのだな！」

「かも、しれないね」

「そのために、このぬいぐるみは、ここにあったのか」

ネージュが目覚めたおかげで、エルの部屋に彼女がいた件がうやむやとなった。こうしてネージュが自立して動き回れる以上、どこにいてもおかしな話ではない。きっと、エルがもともと持っていたとは、誰も思わないだろう。

『フォースター』

「なんだね？」

『ここのお屋敷を、案内してくださらない？　騎士たるもの、守るべき主人が生活する建物の構造は把握しておかなくてはなりませんもの』

「そうだな」

　フォースターはエルを振り返る。

「ココアは、今度でもいいよ」

「そうだな。少し、場の空気を悪くしてしまった。また後日、一緒にココアを飲んでくれると、嬉しい」

　先導するように先へ行ったネージュを案内すべく、フォースターが後を追った。残った使用人に、エルは声をかけた。

「わたしのためにしてくれたのに、フォースターを怒らせてしまって、ごめんなさい」

「いえ。頼まれてもいないのにウサギの騎士様を、持ってきた私が、悪いのです」

　使用人はエルが喜ぶと思い、長椅子にネージュを座らせていたようだ。

「まさか、ああして喋ったり、歩いたりするものだとは思いもせず」

　使用人は下がった。マシュマロが浮かんだココアには、プロクスが大いに興味を示していた。

『ぎゃうぎゃう〜〜〜!!（何、これ！　すっごい、甘い匂い！）』

「食べてみる？」

『ぎゃう〜〜〜（たべる〜〜〜）』

溶けかけたマシュマロをフォークに刺し、プロクスの口へと運んでやると、彼女は頬を押さえ、手足をばたつかせた。おいしかったのだろう。エルは、溶けたマシュマロとココアを口に含む。

「甘い……」

あまりの甘さに、涙がにじんだ。そういうことに、しておく。

マシュマロココアをプロクスと一緒に飲み干したあと、ヨヨに質問した。

「ねえ、ヨヨ。ネージュはどうして、記憶がなくなってしまったんだろう？」

『フーゴが亡くなった事実が、辛かったから、すべての記憶をなくしてしまったのかもね』

「そっか……」

新しく魔石を入れ直したネージュが、別のネージュとなる可能性は聞いていた。けれど、ネージュはネージュだった。それに、記憶はなくなっても、エルを守ってくれると言ってくれたのだ。

「嬉しかった。でも、これまで一緒にいた記憶がなくなるのは、寂しい……」

プロクスが、エルの背中をポンポンと叩いて、励ましてくれる。ヨヨも『特別にもふもふしてもいいよ』と言ってくれた。

フランベルジュだけは、どう励ましたらいいのかわからず、エルの周りを右往左往していた。

「みんな、ありがとう」

記憶はなくなっても、ネージュはネージュだ。

今は、目覚めたことを喜ぼう。エルは、そう思った。

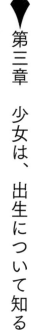

第三章　少女は、出生について知る

翌日、フォースター家にいるエルとイングリットの元にある人物が訪問してきた。

「もー！　居場所を教えてくれないなんて、酷いですよー！」

エルとイングリットを前に憤っているのは、国家錬金術師のキャロルであった。手紙を受け取った彼女は、魔石バイクに塗る塗料を用意し、下町の工房に足を運んだらしい。

「工房はもぬけの殻。魔法騎士がうじゃうじゃいて、不審者扱いされた上に、関与も疑われて――」

危うく連行されそうになったが、寸前でイングリットが残しておいた魔法に気付いたのだという。

「ああいうの、殆どの魔法使いは気付かないですからねー！」

「いや、すまない。あんたみたいな優秀な錬金術師ならば、気付くと思っていたんだよ」

「褒めても、許しませんから！」

そうは言ったものの、キャロルの眉間の皺は解れている。案外、褒め言葉に弱いようだ。イングリットが残した伝言は、ほんのちょっとの魔力の残滓で描いた文字で、記述した人間がわからないようになっていた。キャロルはイングリットの魔力の質を、記憶していたために読めたのだ。

「私たちは今、騒ぎに巻き込まれていてな。姿を隠さなければならないんだ」

イングリットの言い訳を聞いたキャロルは、チラリとエルを見る。

「もしかして、黒斑病の流行の原因となった魔女として、追われているとか、ですか？」

エルとイングリットは、押し黙る。沈黙は、肯定しているようなものだった。

「魔女は、王女様にそっくりだと、噂されています。エルさんは……」

「わたしは、黒斑病をまき散らした魔女じゃない」

「はい、わかっています」

キャロルがあっさり同意したので、エルはキョトンとしてしまう。

「どうして、わたしが犯人ではないって、わかるの？」

「黒斑病は、感染症です。魔法の類いで広められるものではないので、作為的に感染が広げられたという解釈は間違ったものかと」

キャロルの考えを聞いて、エルは安堵する。

「すみません、研究室に籠もりっぱなしだったので、あまり事態を把握していなくて」

黒斑病を研究するキャロルに一切情報が届かず、魔法騎士隊だけが動いている状態だったらしい。

「魔法騎士隊を動かしているのは、ローエンバルン侯爵家でしょう」

「ローエンバルン侯爵家？」

「ええ。魔法騎士隊を牛耳っている一族で、フォースター公爵家の政敵なんです」

フォースターが派遣した騎士が、火事で焼け落ちた村から一本のナイフを持ち帰った。そこには、釘で引っ掻いたような文字が書かれていたのだ。

「――疫病は、森の魔物喰いが持ってきた。幼い少女であるが、呪われし存在。早く殺さないと、我々が滅びてしまう」

「な、何、それ？」

「国家魔法薬師の研究室にもたらされた情報です。一応、フォースター公爵が国家機密レベルで保管を申請していたようですが、どこからか漏れてしまったようですね」

　情報が錯綜し、文字が刻まれたナイフを持ち帰った話が、火事で焼けた村の生存者を連れ帰ったとまで情報がねじ曲がっていたらしい。古の時代から、魔女と呼ばれる魔法使いは邪悪な闇魔法を操り、人々を苦しめていた。外見を偽り幼い少女の姿をしている者も多かったことから、黒斑病の原因は少女の姿をした魔女だろうと、決めつけていたようだ。

「でも、なんで王女に似た銀髪の少女が魔女だと言われていたんだ？」

「それは、フォースター公爵がお城に戻ったときに、王妃に似た少女を見かけた、という話をしたらしいのです。それが、王妃の亡霊を見たという話になり、挙げ句の果てに王女に似た魔女が黒斑病の原因だ、みたいな噂として広がったのでしょう」

「人伝いに話が広まった結果、真実と噂話がごちゃごちゃになったってワケか」

「ですね。私も、ここに訪問するまでの間に、気付いたのですが」

　話を聞いたエルは、がっくりとうな垂れる。話をまとめると、フォースターが話した内容と黒斑病の調査についての間違った噂が広がった結果、エルは追われることとなった、ということだ。

「一言で表すならば、フォースター公爵のせい、だな」

　再び、キャロルはエルをじっと見つめている。

「キャロル、何？」

「いえ、見れば見るほど、王女にそっくりだなと思いまして」

「フォースターは、わたしを見て、亡くなった王妃のほうに似ているって言っていたけれど？」

「亡くなった王妃様と、王女様は生き写しのようにそっくりなのです」

「そうなんだ」

エルは王妃の子である。確証はないが、王妃が贈ったネージュがエルの手元にあった。

出生については、今のところ調査をする気にもなれない。

「そんなに似てるなら、フォースターはどうして、王女に似ているって思わなかったんだろう」

「フォースター公爵はずっと、王女を避けているようです。だから、成長した王女の顔を知らず、生き写しだとご存じではないのでしょう」

「どうして、避けているの？」

「さあ？　それは、わからないのですが」

アルフォネ妃が死んだのはフォースターのせいだと、王女は吹き込まれているという話をフォースタから聞かされた。それ以外にも、複雑な心境があるのかもしれない。それは、他人が推測してわかるようなものでもないのだろう。

「エルさんは、フォースター公爵の親族なのですか？」

「違う。わたしのお父さんは、フーゴ」

「もしかして、フーゴ・ド・ノイリンドールですか⁉」

フーゴ・ド・ノイリンドール。それは、図書館に登録されていた、フーゴのもう一つの名前だ。

「キャロル、わたしのお父さんを、知っているの？」

「知っているも何も、十二年前の事件は有名で、最期も――あ、いや、なんでもありません」

シン……と静まり返る。このまま「はい、そうですか」と流せる話題ではない。

「キャロル、お父さんについて、知っていることがあったら、教えて」

「いや、娘さんの耳に入れることではないよなーと」

「キャロル!!」

エルは立ち上がり、キャロルの元へと駆け寄った。

「お願い、キャロル。わたし、お父さんについて、知りたいの。一生のお願い！　なんでもするから！」

「エルさん、ダメですよ。なんでもするとか言っても」

「いいの！　わたしは、お父さんについて調べるために、王都に来たのだから」

ポロリと、涙が零れる。王都に来るまで涙は我慢していたのに、イングリットに出会ってからすっかり涙もろくなってしまった。恥ずかしく思いながら、頬に流れる涙を拭う。

イングリットが、そっと優しくエルの背中を撫でてくれる。

「キャロル、私からも、頼む。どうかエルに、父親についての話を聞かせてほしい」

「いい話ではないですよ？」

「それでも、わたしは、知りたい……！」

「わかりました」

キャロルは深く長いため息をついてから、語り始める。フーゴ・ド・ノイリンドールという、一人の男の話を。

「フーゴ・ド・ノイリンドールは、歴史あるノイリンドール侯爵家の三男で、亡くなった王妃様と婚約を結んでいたのです。それはそれは、仲睦まじいカップルだと評判だったとか。しかし、とある夜会で国王陛下が王妃様に一目惚(ぼ)れし、求婚なさったので、お二方の婚約は破棄されたのです」

キュッと、エルは唇を噛みしめる。ネージュを通じて王妃が母親かもしれないという事実を知ったエルは、自分がどのようにして生まれたかまでは考えたくなかった。仮に、愛し合いながらも引き裂かれた両親の、不貞の末に生まれたとあれば、あまりにも辛い事実である。

「王妃様は、ご結婚なされてからも、フーゴ・ド・ノイリンドールを深く愛していたそうです。それに嫉妬した国王陛下は、当時王太子の近衛騎士だった彼を、辺境の村の警備隊長として左遷してしまいました」

「そう……。お父さんは、騎士、だったんだね」

その情報すら、エルは知らなかった。生活能力は皆無だったが腕っ節は強く、背筋がピンと張っていて立ち姿は美しかった。騎士だったと聞き、エルは納得してしまう。

「王妃様の結婚から数年経った聖夜祭の晩、国を守護する大精霊セレスデーテより、三百年ぶりに神託が下りました。次なる王家の王女は、国を救う『救世の聖女』である、と」

「救世の、聖女……！」

「はい。その翌月、王女様が誕生したのです。同時に、衝撃的な事件が発覚しました。王妃様と、フーゴ・ド・ノイリンドールが密会していると」

王妃とフーゴの関係は、ずっと続いていたようだ。その事実に、フォースターは激怒。フーゴを訴え、国外追放の刑にまで追い詰める。

「結局、国外追放はできなかったのですが、フーゴ・ド・ノイリンドールは十年間の王都立ち入り禁止に加えて、騎士の位を剥奪。それから、二度と王城へ近づくことを許されなかったそうです」

話を聞いているうちに、ポロリ、ポロリと涙が零れる。本当に、フーゴが王妃と密会していたのならば、それは罪だろう。けれど二人は、本来ならば結ばれるはずの幸せな男女だったのだ。

引き裂いたのは、国王であり、フォースターである。

「エル……」

イングリットが、エルをぎゅっと抱きしめてくれる。すると、余計に涙が溢れてきた。一人ではなくてよかったと、エルは優しい温もりに触れながら思う。

「事態はフーゴ・ド・ノイリンドールが追放されるだけでは、収まりませんでした。王妃が産んだ王女にまで、疑いの目が向けられるようになったのです」

子どもは、フーゴとの不貞の末に生まれた子ではないのか。王家に手厳しい非難が集まった。

けれども、それもすぐに収束する。

「王家の血を引く者は、代々受け継ぐ身体的な特徴がありました。エルさんは、ご存じですか？」

「いいえ」

キャロルが指し示したのは、自らの瞳。

「王族の者は、春の森のような、若々しくも深い、緑の瞳を持って生まれるのです。王女は、国王陛下と同じ、緑色の瞳を持っていたのですよ」

新生児は通常、瞼を閉じて生まれてくる。それから、数日経ったらぱっちり開くようになるのだ。

王女が瞼を開くまでの数日間、王妃は一人矢面に立っていた。

「王女は、不貞の末に生まれたわけではなかったのです」

「そう、だったんだ」

ホッとしたのもつかの間のこと。ここで、新たな疑問が生じた。十二年前、王妃は王女を出産した。ならば、自分は王妃の子どもではなかったのかと。

「わたしのお母さんは、一体、誰だったの？」

「エルさん、この鏡で、ご自分の瞳をよーく見てくださいな」

キャロルから手渡された鏡で、エルは自らの瞳を覗き込む。

春の森のような、若々しくも深い、緑の瞳が、映っていた。

「エルさんの瞳は、薄暗い場所だと青みがかっていて、大迷宮で会ったときは気付かなかったのですが、明るい場所で見ると、美しい緑色の瞳なんですよ」

「だったらわたしは――!?」

「おそらく、国王陛下と王妃のお子様でしょう」

くらりと、目眩を覚える。視界がぐにゃりと歪んだ。白銀の髪は、母親譲りらしい。そして瞳は、王家に代々受け継がれるものであるという真実。思えば、フーゴと似ている所など、一つもなかった。

気付いた瞬間、目の前が真っ暗になる。

「お、おい、エル！　大丈夫か!?」

イングリットに肩を掴まれ、耳元で名を呼びかけられた瞬間ハッとなる。どうやら、一瞬気を失っていたらしい。

「すみません。衝撃的な話を、いろいろしてしまって」

情報量があまりにも多くて、エルは言葉を失っていた。代わりに、イングリットが問いかける。

「キャロル。あんたは妙に、王妃とエルの父親についての話に詳しいな」

「ええ、実は……」

神妙な様子で、キャロルは口を開く。

「私、『王妃、最後の恋』の大ファンでして」

「王妃、最後の恋、だと？」

「はい。十年前に出版された、王妃とフーゴ・ド・ノイリンドールの恋愛譚を基に執筆された本があったのです」

瞬く間に話題の本となったが、発売からたった三日で即回収された幻の本らしい。それを、キャロルは隠し持っていて、何度も何度も読んでいたようだ。

「王妃と親しかった侍女の監修の下、創作とはいえかなり事実に忠実に書かれていたようです」

「なるほどな」

「今日、こちらに来るときも、まさか聖地巡礼が叶うとは思いもせず」

「聖地って……」

「だってここは、物語序盤にあった衝撃的なシーンである、鬼畜公爵から婚約破棄を告げられる場面があった場所で、もしかしたら、あの、人の心を持っているとは思えない生きる伝説、生きる残酷、恋人たちの敵、フォースター公爵に会えると思ったら、興奮して——！」

「キャロル、すまないが、ちょっと黙っていてくれないか？」

「す、すみません」

エルが不安で顔を歪めているのに気付き、キャロルは興奮を抑えた。イングリットはエルをぎゅっと抱きしめ、背中を優しく撫でてくれる。

「イングリット……！　わたしのお父さんは、お父さんでは、なかった」

「そんなことはない。エルのお父さんは、ずっと、エルのお父さんをしてくれていただろう？　大事なのは、血縁じゃないんだ。お父さんが、きちんと、お父さんであったかなんだよ」

記憶の中にある、フーゴの姿が、言葉が、甦（よみがえ）る。

――エル、帰ったぞ！

いつも泥だらけで、獲物を片手に帰ってきた。エルはいつも、汚い格好で帰ってこないでと、憤っていた。

――エルの料理は、世界一おいしいな！

貴族の生まれで、おいしい料理をたくさん知っているはずなのに、いつも、いつでも、フーゴはエルの料理を褒めてくれた。

――エルは、最高の娘だ。モーリッツの爺さんにしか自慢できないのは、悔しいがな！

フーゴはエルに、惜しみない愛情を注いでくれた。

イングリットの言う通り、フーゴは確かに、エルの父親だった。血縁なんて、関係ない。

「エル、もう、この話をやめるか？」

「ううん、大丈夫」

ずっと、心の中でモヤモヤと燻（くすぶ）っていたのだ。これを機会に、いろいろとはっきりさせておくのは、悪いことではないのだろう。

「でも、どうして、お父さんはわたしを、森に連れていったの？」

「それは――」

キャロルは言いにくそうに、口ごもる。この際なので、はっきり言うよう急かした。

「では、言わせていただきますが、王家では、双子の子どもは不吉とされているのです」

王家の歴史を遡ると、多くの双子の子どもが生まれていた。

「双子が生まれるたびに、王位継承権を争う内戦が起きていたんです。加えて、双子が生まれると、自然災害に見舞われることが多かったようで」

いつしか『双子の王族は不吉だ。もしも生まれたら、片方は殺すべきである』と、そんな因習が生まれたらしい。

「ここから先は完全な推測なのですが、フーゴ・ド・ノイリンドールは、子どもが殺される前に、王妃に頼み込まれてエルさんを連れ去ったのではないのかな、と」

「王妃様が、お父さんに?」

「ええ。これも推測なのですが、そのための追放だったのかなと、思わなくもないのです」

「ということは、もしかして、フォースターは?」

「共犯の可能性が、高いですね」

つまりはフォースター自身が、フーゴが逃げやすいように、あえて王都から追放するように仕向けたということだ。

「だったら、フォースターは、わたしのことを、知っているの?」

「かも、しれないですね」

今までの言動は、すべて孫であるエルへ向けられた言葉だったとしたら――。

「とんだ、狐ジジイだな」

「そうだね」

エルはすっと立ち上がる。一歩踏み出した瞬間、イングリットに手を引かれた。

「エル、どこに行くんだ？」

「フォースターの所へ」

真実を、聞き出さないといけない。フォースターとの関係は黙っているつもりであったが、相手が知っているとなれば話は別だった。

「わたしは、聞く権利が、ある」

「わかった。ならば、一緒に行こう」

「ありがとう、イングリット……！」

フォースターは最初から、エルが孫であることを、気付いていたのかもしれない。だとしたら、どうして今まで知らない振りをしていたのか。聞き出すのは、正直に言えば恐ろしい。一人では、絶対に聞けなかっただろう。けれど今は、イングリットがいる。「フォースターから話を聞くべきだ」と言わんばかりに、強く手を引いてくれていた。それが、どれだけ心強いか。正しい道へ導いてくれるイングリットの存在に、エルは救われていた。

フォースターの執務室の前には、侍従が立っていた。エルの存在に気付くと、姿勢を低くして問いかける。

「旦那様に、ご用でしょうか？」

「うん」

「かしこまりました。しばし、こちらでお待ちください」

エルのほうからフォースターへ話をしに行くのは、初めてだった。ドキドキしながら、廊下で待つ。三十秒と待たずに、侍従が戻ってきた。「どうぞ」と、手で示してくれる。一歩、部屋に入ると、執務机につき、サラサラとペンを走らせているフォースターの姿が見えた。

ドキンと、心臓が大きく跳ねる。もしかして、忙しい時間にやってきて、仕事を邪魔してしまったのではないか。表情には出さないが、内心、冷や汗たらたらであった。

しかし、フォースターはすぐに顔を上げ、にっこり微笑んでくれる。

「珍しいね。君のほうから、私に会いに来てくれるなんて。嬉しいから、記念日にしようか。エルが初めて、私の部屋に来てくれたすばらしき日だ。記念品も、作らせよう」

エルが反応を示さずとも、フォースターはペラペラと喋り続ける。緊張しつつやってきたのに、脱力しそうになってしまった。

「それで、何用かね？」

「話、長くなると思う。平気？　忙しくない？」

「君の用事以上に、大事なことはないよ。隣の部屋へ移ろうか。君をインク臭い部屋で過ごさせたくない」

フォースターは立ち上がり、隣の続き部屋へ誘う。そこは、フォースターの私室のようだった。

「ここはね、掃除をする使用人と侍従以外、誰も入れていない部屋なんだよ。初めての客人だ」

「私も、入っていいのか？」

イングリットは気まずげに質問する。

「もちろんだ。エルが、大事に思っている人だからね。私も同じように、尊重したい」

「だったら、遠慮なく」

フォースターの私室はそこまで広くない。毛足の長いふかふかの絨毯に、淡い陽光が差し込む窓、落ち着いた色合いの家具が並んだ、温もりを感じる内装である。

絢爛（けんらん）豪華なフォースター公爵家当主の私室とは思えない、シンプルな部屋だった。

「エル、私の部屋はどうだね？」

「なんていうか、無駄なものが何一つない感じ」

「そうなんだ。ごちゃごちゃした装飾は、ときに精神を疲弊させるからね」

「それは、なんだかわかるかも」

エルもフォースターにあてがわれた部屋より、生まれ育った森のほうが落ち着く。貴族の家の内装は、フォースターの言葉を借りるならば「ごちゃごちゃ」なのだ。侍従が紅茶と菓子を運んでくる。せっかく持ってきてくれたのだが、胸がいっぱいで口を付ける気にはならなかった。

今、心の中で燻（くすぶ）っている問題を解決しない限り、好物であっても喉を通らないだろう。

「話を、始めてもいい？」

「どうぞ」

エルは息を大きく吸い込んで、深く吐き出す。イングリットが奮い立たせてくれるように、背中を撫でてくれた。大丈夫と自らに言い聞かせ、口を開く。

「おじいさんは、わたしのことを、知っていたの？」

「はて。それは、どういう意味かな？」

フォースターは笑顔を崩さずに、エルに問いかける。狐ジジイは、簡単に尻尾を出してくれないらしい。遠回しな質問で、相手のほうから話をさせる方法は通用しないのだろう。

真実を織り交ぜつつ質問した。

「わたしとおじいさんが、血縁関係にあるってことを、知っていたのか聞きたかったの」

フォースターから、初めて笑顔が消える。いつも飄々としていて隙を見せない彼が、動揺を瞳に滲ませている。それはエルの質問に対して、思うことがあると言っているようなものだろう。

「お願い。知っていることがあったら、教えて。知らないというのは、とても、恐ろしい……」

大人から見たら、エルはまだ子どもだ。もしかしたら、聞くにはまだ早い話なのかもしれない。

それでもエルは、知りたかった。シンと、静まりかえる。やはり、エルに話せないのか。そっとフォースターを見たら、彼も今にも泣きそうな表情でエルを見つめていた。

「おじいさん、わたしは、あなたの家族なの？」

そのエルの言葉が、引き金となったのだろう。フォースターの瞳から、一筋の涙が零れる。

小さく、消え入りそうな声で「そうなんだよ」と答えた。

「君は驚くほど、娘の面影を残していた。けれど、本当の孫娘かどうかは、半信半疑だったんだよ」

「どうして？」

「天使が私の罪を裁くために、娘の姿を借りてやってきたのだと思っていた」

「罪って？」

言葉はなく、フォースターは静かに涙を流す。エルは立ち上がり、フォースターの隣に座るとハンカチを差し出した。

「君は、本当に天使だね。早く、私の心臓を一突きして、地獄へ突き落としてくれないだろうか」

「何を、言っているの？」

「私は、それだけの罪を犯したのだ」

静かに、ぽつりぽつりと話し始める。

「若い頃の私は、権力こそすべてだと思っていたんだよ」

出世のためならば他人を蹴落とし、罠に嵌め、欲望に溺れさせることも平気で行っていた。そうして得た地位から、人々を見下ろすことに喜びを覚える最低最悪な人間だったという。

「もっとも罪深い行為は、国王に娘を差し出したことだろう。娘はすでに婚約者がいて、結婚間近だった。かつての婚約というものは、家同士の繋がりを強くするための政略結婚が主だったが、娘と婚約者の男は、深く愛し合っていたのだ」

キャロルに聞いた話の通りである。フォースターは本当に、幸せな恋人たちの仲を引き裂いていたようだ。

「婚約者の名は、フーゴ・ド・ノイリンドール。君の、お父さん、だね？　彼には、本当に、酷いことをした」

フーゴを犯罪者のように扱い、王妃に横恋慕（よこれんぼ）した哀れな男という噂も流させたという。

「そんな彼を、私は、利用したのだ」

「双子の片割れとして生まれたわたしを、連れ去るように、と？」

「君は――その話を、彼から聞いていたのか？　だからずっと、私に冷たくしていたのか？」

「ううん、知らなかった。冷たくしていたのは、なんとなく。あなたは、なんだか胡散臭かったし」

「それは……喜んでいいのか、悪いのか。わからないな」

「そうだね」

娘を国王に差し出し、絶対的な地位を得たあと、フォースターは娘から絶縁宣言を受ける。そのときになって、我に返ったという。

「私はなんて、罪深いことをしてしまったのかと。でも、もう遅い。娘と国王は、国を守護する大精霊の前で永遠の愛を誓ってしまった」

もしも、娘が助けを求めたら、手を貸そう。フォースターはそう思っていた。しかし、王妃となったフォースターの娘は、二度と、父親に助けを求めなかったのだ。

「彼女は、双子の娘を産んだ。だが、大精霊の予言にあった『救国の聖女』は一人だった。双子ではない。あとから生まれたほうを殺そうと決まったときにも、彼女は虚ろな瞳で頷くばかりだった」

「そう」

もうどうにでもなれ、という心境だったのかもしれない。会ったこともない母親に対して、酷いと思う気持ちは欠片もなかった。

「娘の思惑はどうあれ、私は、孫を助けたかった。それが、大精霊の予言や因習に反するとしても」

フォースターはフーゴを呼び寄せ、ありもしない罪を被せた。王都から追放させるふりをして、双子の片割れを託したのだ。

「ただ、乳離れをしていない赤子を、子育ての子の字も知らない男に託すのは、殺したも同然だと思っていた」

不吉な双子の子どもを生き長らえさせたのに、戦争も災害も起こらないのは、どこかで死んだからなのだろう。フォースターは長い間、そう思っていた。

「私の罪は、これだけでは、ない」

フォースターは掠(かす)れた声で呟く。フーゴを、助けることができなかった、と。

「助ける？」

「彼は、王妃誘拐の罪で、処刑されてしまったのだよ」

サーッと、血の気が引いていくのを感じる。フーゴは、病死でも事故死でもなく、処刑されて命を散らしたのだ。王妃が黒斑病で亡くなったことは知っていたが、それにフーゴがかかわっていたのは初耳だった。

「彼は、親友が黒斑病の治療法を知っている、と言って、アルフォネを連れていこうとしていたんだ。私も、頭に血が上っていたんだ。だから、本気で取り合おうとしなかった。その親友が、本当に黒斑病の治療方法を知っているとは、思わずにね」

フーゴの言う親友とは、モーリッツのことだろう。エルの手が、ガタガタと震える。

処刑される日に、フォースターはフーゴと面会した。そのときに、フーゴはモーリッツとエルについて話したようだ。

「南の辺境にある森に、十二年前に託された子と、モーリッツがいる、と」

その瞬間、フォースターは思い出す。たしかにモーリッツならば、黒斑病の治療法を知っていると。フーゴの言葉は決して王妃誘拐をごまかすための嘘ではなかった。気付いたときには遅かった。いくらフォースターが奔走(ほんそう)しても、処刑を中止させることはできなかったのだ。

「彼の遺言(ゆいごん)通り、私は十二年前に託した娘と、モーリッツを捜しに出かけた。けれど、見つけられなかった」

初めてフォースターと会ったときに、彼は親友を捜しに行っていたと話していた。エルとモーリッツを捜しに行った帰りだったのだろう。

「どれだけ捜しても、見つけられなかったものだから、死んだと思っていた」

おそらく、モーリッツが張った結界があったせいだ。ただでさえ、深い森の中に住んでいたのだ。結界もあれば見つけるのは困難だっただろう。

「けれど君は、生きて、私の前に現れた。エル、君が、十二年前に逃がした双子の片割れだと、そんな都合のいい話があると思うだろうか？」

「普通は、思わない」

「だろう？　まだ、私を裁きに来た天使というほうが、信じられる」

エルを前に、フォースターは涙をポロポロ零す。

「本当に、奇跡だ。こんなに嬉しいことはない。君を今すぐ抱きしめたいのに、私の手のひらは、罪で汚れている。触れるわけにはいかない……」

目の前で涙するフォースターは気の毒である。しかし、同情する気にはなれない。ただ、フォースターがエルの家族であるということには、変わりなかった。

エルは優しく、フォースターの丸めた背中を撫でてやる。

「君は、真の天使だ」

フォースターの罪を裁くことはできない。天使ではないから。けれど、できることはある。

「今度、何か酷いことをしたら、家族であるわたしが責任を持って、心臓を一突きするから」

エルの辛辣な言葉に、フォースターは微笑みを浮かべる。

「ぜひ、そうしてくれ」

◇◇◇

フォースターと血縁関係であることが明らかとなったが、二人の生活は驚くほど変わらなかった。いつも通り胡散臭い彼に、エルは心を開けない。血縁があるからといって、いきなり家族になれるわけではないのだ。逆に、血の繋がらないフーゴのほうが、本当の家族と思えた。エルは気付く。共に支え合い、慈しみ合い、何年も何年も共同生活を送れる者こそ、本当の家族になるのだろうと。

フォースターの他にも、エルには血縁関係にある者たちがいる。父親である国王と、双子の片割れである王女。その二人に対しては、まったくの無関心であった。これからも、その認識は変わらないだろう。エルは紅茶を飲みながら、イングリットにぽつりと零す。

「わたし、自分の家族が生きているとわかったら、もっと、感激できるものだと思ってた」

「十二年も離れて暮らしていたら、感動は薄いだろうな。相手はあの、フォースター公爵だし」

イングリットの言葉に、エルは深く頷く。けれど、飄々としていて、相手に隙を見せなかったフォースターの涙はなかなか衝撃的だった。

「おじいさんの涙なんて、とっくに枯れていると思っていた」

「キャロルの言葉を借りたら、『人の心を持っているとは思えない生きる伝説、生きる残酷、恋人たちの敵、フォースター公爵』、だもんな」

「笑っちゃうよね」

もっと、優しくしないといけない。けれど、心のどこかで、優しくできない気持ちがあった。フォースターはフーゴを利用し、挙げ句、冤罪で処刑されるのを防いでくれなかった。彼の顔を見るたびに、無念の思いを抱えたまま死んでしまった父親を思い出してしまうようになったのだ。

「お父さんは、自分の子どもじゃないのに、なんで育てなければいけないんだろうとか、思わなかったのかな？　そもそも、わたしがいなかったら、お父さんは、もっと長生きできていたのに……」

「エル、過ぎてしまったことを、いろいろ言っても仕方がない」

「でも――」

自分の子どもでもないエルを連れ出し、長い間森暮らしをしていた。貴族の生まれで、生活能力がないのに、娯楽も何もない場所でエルをのびのび育ててくれたのだ。

「エルを見ていたら、わかるんだ。親父さんと、先生が、エルを、愛情いっぱいに育ててくれたんだろうなって」

「どうして、わかるの？」

「エルが真面目で、素直で、可愛く育っているからだよ」

エルの中に、フーゴの愛情がある。それを、否定してはいけない。

「お父さんに感謝したいのに、もう、できない」

「エルが明るく元気に生きることが、親孝行なんだよ」

「うん」

イングリットはエルの頭を、ぐちゃぐちゃと力を込めて撫でる。

その撫で方はフーゴそっくりで、エルはちょっぴり泣いてしまった。

第四章　少女とダークエルフは、魔石バイクを完成させる？

キャロルからもらった特殊塗料を用いて、とうとうイングリットは魔石バイクを完成させた。

「エル、どうだ？」

「すごい……！」

魔石バイクは、エルが思っていたよりも大型だった。小型の牛くらいの大きさがある。前面には牛の角のように反った持ち手に、動力源となる呪文が刻まれた発動機、二人が座れそうなほどの座席、車体を支える二つの大きな車輪が前後に付いていた。馬車や魔石車と異なり、剥き出しの状態で運転するようだ。

「馬車や魔石車と違って、小回りが利くのさ」

「へえ、そうなんだ。ちょっと、怖いかも」

「そうだと思って、一応、安全装置にも、こだわってみたんだ」

魔石バイク専用の帽子と外套を作り、万が一転倒したときに怪我から守ってくれる魔法を施してある。他にも、衝撃感知魔法を仕掛け、前方より急接近するものがあれば緊急回避を自動で行うようにした。

「試乗はしたの？」

「これからだ」

試乗は今から、フォースター家の庭で行うという。ネージュと共に庭に出て、見学させてもらうことにした。

魔石バイクに跨がるイングリットを見て、ネージュがボソリと呟いた。

『剥き出しの身で乗るなんて、危険ではありませんの？』

「いろいろ、魔法で安全の対策をしているみたい」

『それでも、恐ろしいですわ』

ネージュの言葉に、エルは深々と頷いた。イングリットはバイクの上から、得意げにエルに手を振った。

「よーし、エル、今から起動させてみるからな!!」

「うん！」

エルはイングリットに手を振り返す。イングリットは懐から取り出した呪文を刻んだ鍵を、魔法陣で囲んだ鍵穴に差し込んだ。すると、魔石バイクに刻まれた魔法が発動し、表面に刻んだ魔法式が真っ赤に光った。

「おお！」

『カッコイイですわ！』

イングリットが前面にある取っ手を握って捻（ひね）ると、ブオオオン！　と音が鳴った。そして、加速装置を回して魔石バイクを動かそうとしたが――突然、魔石バイクの光が消えた。

「え、あれ、どうしたんだ!?」

エルは近づき、魔石バイクを見たあと、イングリットに指摘する。

「イングリット、魔力が切れたんじゃない？」

エルの言葉通り、動力源となる魔石を調べてみると、見事に魔力切れになっていた。

「起動させただけなのに、どうして!?」

「安全装置が常に展開されているから、魔力を大量に消費するんだと思う」

「な、なんだと!?」

エルの作った質の高い魔石でさえ、起動させただけで魔力切れとなってしまった。これでは、庶民が安価な魔石を使っての日常使いは難しい。

「ここまで造って、まさか、失敗作だとは……!」

「待って、イングリット。諦めるのは早い。たぶんね、魔力の消費が激しいのは、たくさんの魔法を常時展開させているからだと思う。それをどうにかしたら、大丈夫かも」

エルは魔石バイク改良の提案をしてみる。

「でも、常時展開させていないと、危険だろう?」

「うん。だけど、それだと魔力の消費が激しくてまともに使えないし、魔石が高価すぎて、誰も魔石バイクを維持できないと思う」

「あー、そっか。言われてみたら、そうだな」

イングリットとエルが目指すのは、魔石バイクの普及である。いつか冒険のお供にも魔石バイクを、と言われるくらいにまでするのが目標だ。

「しかし、安全のためにはどの魔法も、外せないんだよな。やっぱり、馬車や魔石車と違って、魔石バイクは剥き出しの身で乗るものだから。エル、何かいいアイデアはあるか?」

魔石バイクの前で、エルは腕を組んで「うーん」と考える。魔法を少なくしたり、効果を縮小したりすることはできない。動力源を魔力の容量の多い魔石にしたり、魔石の数を増やしたりするのもダメだ。

「危険なときだけ、魔法が展開されるのは、どうだろう？」

「ああ、なるほど。危険察知の魔法であれば、魔力の消費はそこまで多くないな」

「でしょう？」

イングリットとエルは、石で地面に魔法陣を描く。ああではない、こうではないと話し合い、魔石バイク用の危険察知魔法を編み出した。完成した魔法を、魔石バイクに搭載させる。

「よし、と。これでいいな」

イングリットは再び魔石バイクに跨って始動させる。わざと魔石バイクを倒れるほど傾かせると、魔法が発動して支えてくれた。危険察知の魔法も、きちんと機能しているようだ。

加速装置の取っ手を捻ると、ブオン!! と大きな音を鳴らし、魔石バイクは動き始めた。ゆるゆるとした動きから、だんだん速度を上げていく。噴水の回りをくるくる走り、薔薇(ばら)が咲いた小道をどんどん進んでいく。

やがて目にも留まらぬ速さに達した魔石バイクは、何度か庭を回ったあとエルの元へと戻ってきた。

「エル、どうだ？」

「すごい！　風みたいに、ぴゅーっと走れるんだね！」

「ああ、気持ちよかった」

その感想を聞いたら、エルも乗りたくなってきた。イングリットは「エルも乗ってみるといい」

と誘ってくれたが、一人で乗るのは少し怖い。

「ねえ、イングリット、後ろに、乗ってもいい？」

「もちろんだ」

ネージュは危ないと忠告してきたが、転倒したとしても結界が展開される。怪我をすることはないのだ。なんとか説得して、エルは魔石バイクに横向きに座り、イングリットにぎゅっと抱きつき、ドキドキしながら動くのを待った。

「じゃあ、動かすからな」

「うん、お願い」

魔石バイクは、再び走り出す。最初はゆっくりだったが、次第に加速していった。風を全身に感じながら、魔石バイクは走る。

「エル、どうだ？」

「風が、心地いい！」

屋根のない馬車に乗ったことはあるが、ガタガタと揺れ、シートは硬く乗り心地はよくなかった。けれど、魔石バイクは乗り心地が最高だ。

「イングリット、これ、すっごく売れると思う！」

「だといいな！」

大迷宮で材料を集め、キャロルからもらった素材で完成した魔石バイクを、エルとイングリットは試作品一号とし、大事にしようと誓い合った。

◇◇◇

それから二人は魔石バイクの試乗を重ね、改良を施した二台目の魔石バイクを発注者へ納品することとなった。かなりの自信作で、足取り軽く魔石バイクを運んだ。しかし、思いがけない事態に遭ってしまった。魔石バイクの発注をしていた商会から、注文を取り消したいと言われてしまったのだ。

「なっ……どうして!?」

「いや、その、お宅の商品と同じ値段で、魔石車を売ってくれるという話があったもので」

イングリットの手に、発注書が押し返される。店の前に、ピカピカの魔石車が停まっていた。聞けば、その魔石車を安価で買い取ったらしい。魔石車は、魔石バイクの五倍の値段だ。魔石バイク一台の値段で買えることなど、ありえない。

「すまないね。話はなかったことにしてもらうよ」

その一言と共に、追い出されてしまった。イングリットは、発注書を握り潰した。

「あいつだ。ジェラルド・ノイマーが、私の商売の妨害をしたんだ。そうに違いない！」

「イングリット……」

ジェラエルド・ノイマーとは、数年前にイングリットを騙して大儲けした魔技巧士である。商会から、イングリットの魔石バイクを買い取る話を聞いて、魔石車を安価で売ったのだろう。

「前に、エルが言っていたな。契約書は、大事だと。その通りだった。きちんと契約を結んでいないから、こういうことになるんだ」

イングリットは悔しいと呟いた。握った拳が、ブルブルと震えていた。エルはその手に、自らの指先を添える。

「イングリット、わたしは、この魔石バイクを、王都一の魔技巧品だと思っているから」

「エル……ありがとうな」

イングリットはその言葉を、ただの慰めの言葉だと思っていたようだ。しかし、エルはそういうつもりで言ったのではない。

「これから、魔石バイクを、国中の人が使えるように、普及させたい」

「エル……国中はちょっと」

「前に、約束したでしょう？ たくさんの人が、イングリットの魔技巧品を使えるようにしようって」

「ああ、そうだったな」

イングリットは苦笑していた。けれど、エルは本気である。

「イングリット、付いてきて。今から、魔石バイクを、見せに行こう」

「どこに？」

エルが指さしたのは、貴族の邸宅が多く並ぶシャモア通りの三番地へ続く道であった。

イングリットとエルは、買い取ってもらえなかった魔石バイクに跨がり王都の街を走る。道行く人々は、初めて見る魔石バイクに興味津々といった視線を向けていた。食いつきは、悪くない。それどころか、詳細を聞こうとしているのか、走って追いかけてくる者もいた。何か聞かれても答えられないので、今は気付かなかったふりをする。

王都のシャモア通り三番地――そこは、貴族のタウンハウスが多く並ぶ通りだ。

「緑色の屋根に、赤いレンガの屋敷が、シャーロットの家なの」

シャーロットというのは、エルが王都に来る途中に客船で出会った美少女である。彼女の両親は工場をいくつも持っており、製品化した魔技巧品を生産していると話していた。エルの目的は、シャーロットの父親に頼んで、魔石バイクの大量生産をしてもらうことだ。

「しかし、相手にしてもらえるのか」

「もしものときは、お祖父さんの名前を出す」

「おうおう。エルサン、強気だな」

「だって、イングリットの魔石バイクはとってもすばらしいものだから。たくさん普及させて、嫌がらせをしているジェラルド・ノイマーに、ギャフンと言わせるのが目標」

イングリットはその言葉を茶化すことなく、「そうだな」と穏やかな声色で返してくれた。

魔石バイクの移動力はすばらしく、あっという間に、シャーロットの屋敷に辿り着いた。二人は一応、外套の頭巾をしっかり被った。エルは街中で危険視されている『魔女』であり、イングリットは『ダークエルフ』であるからだ。

顔を隠してから、改めて、屋敷を見上げる。

「さすが、魔技巧品工場を経営しているだけあるな。屋敷もその辺の貴族の家よりデカい」

「うん、そうだね」

魔石バイクを降りて、守衛所へ近づくと、胡乱な目で見られる。エルの代わりに、イングリットが話をしてくれた。

「悪い。シャーロットお嬢様の知り合いのエルを連れてきた。面会できないだろうか？」

「シャーロットお嬢様のお知り合いのエル——ああ、お聞きしております」

すでに、話をしていてくれたらしい。門を開いて、守衛所で待機していたメイドが案内してくれる。屋敷の外観も大層なものだったが、庭も果てが見えないほど壮大だ。中でも、澄んだ水が天へと跳ねる見事な噴水があった。

「お、魔石噴水だ」

「魔石噴水って？」

「川の汚染された水を、飲料にできるようになるまで浄化できる装置だよ」

「王都には、便利な物が普及しているんだね」

「まあな。以前は結構、川の水を飲んで腹を壊す人も多かったみたいだな」

王都の川は、生活排水などで汚れているのだという。

「運が悪ければ、川の水を飲んで病気になって、死ぬ人も多かったみたいだな」

「うん。汚染されていない森の川でも、飲んだらいけないって先生に言われていた」

いくら川がきれいに見えても、森に生きる生き物の糞尿に、魔物の死骸などが溶け込んでいる可能性があるからだという。口にしたら、感染症にかかるかもしれないとモーリッツは話していた。

「だったら、この魔石噴水は、画期的な発明だったんだ」

「そうだな。王都で初めての、大型浄化処理を行える魔技巧品だよ」

「イングリット、詳しいね」

「発明したのは、私だからな。著作権はジェラルドにあるから、どれだけ売れたとしても、私の懐には銅貨一枚さえ入らないのさ」

「そっか」

いらぬことを聞いてしまったかもしれない。エルがしょんぼりしていると、イングリットはエルの頭をがしがし撫でた。

「もう、気にしちゃいないさ」

「でも……酷い」

「今から、儲け話をしに行くんだろう？　そのことだけを、考えよう」

自然と、エルとイングリットは手を繋いで、玄関口を目指した。玄関口は両開きの立派な扉だった。シャーロットの知り合いということで、恭しく出迎えられる。

そのまままっすぐ客間へと通された。待つこと十分、シャーロットがやってくる。

「――エル!!」

扉が開いた途端、シャーロットが駆け寄ってきた。ぎゅっと、エルを抱きしめる。

「エル!!　わたくし、ずっと待っていたのに、どうしてすぐに来てくれなかったの？」

「ごめんなさい。ちょっと、忙しくて。その、いろいろ、騒ぎがあったでしょう？」

シャーロットはエルから離れ、じっと見つめる。

「もしかして、魔女の噂のこと？」

エルが頷くと、シャーロットは憤ったような顔になった。

「エルが、黒斑病を広げた魔女なわけないのに。そうだったら、今ごろ、わたくしは黒斑病になって倒れているはずだわ。心配しないで。わたくしは、エルを信じているから」

「シャーロット、ありがとう」

エルが感謝の気持ちを伝えると、シャーロットはにっこりと微笑んだ。

「それはそうと、そっちの女性はどなたなの？」

「彼女は、イングリット。私が、世界で一番信用している人……かな」

思いがけない紹介だったのだろう。イングリットは、褐色の頬をほんのり赤く染めた。

「イングリットは、ダークエルフなの」

「ダ、ダークエルフですって!?」

シャーロットの青い瞳が、極限まで開かれた。この反応が、普通なのだろう。

「でも、悪いダークエルフじゃないから」

「え、ええ。そのようね」

シャーロットはエルの対面に位置する場所に腰掛け、本題へと移るよう促す。

「それでエル、どうかしたの？　遊びに来たわけではないでしょう？」

「うん。シャーロットに、魔石バイクを紹介しようと思って」

「魔石バイク、ですって？」

「うん。魔石車よりも小型の、一人用の乗り物なの」

興味を持ったらしいシャーロットに、エルは魔石バイクを、シャーロットの父親が経営している工場で生産できないか。そんな要望を、ズバリと口にした。

「この前、話していたでしょう？　経営が、思わしくないって」

「え、ええ。そうだけれど」

詳しく話を聞いたところ、工場では魔石送風機と呼ばれる物を主に造っていたらしい。魔石送風機というのは、風を作り出して涼を得る、という魔技巧品だった。順調に生産していたが、工場で働いていた職人がいきなり退職希望を出したのだ。調べたところ、とある工房が職人を引き抜いていたという。さらに、魔石送風機の素材も、取引先が納入を渋るようになった。

再起を懸けて、地方に新しい工場を造ろうとしていたら、王都で新しい魔技巧品が発売された。それは、魔石冷風機と呼ばれる、魔石送風機よりも涼しい風が流れてくるという物だ。魔石送風機よりも安価で売られ、市場占有率を奪われてしまったという。

シャーロットはまだ十二歳だが、将来家の仕事を手伝えるように、いろいろと勉強しているらしい。事業の現状も、毎日詳しく聞くようにしているようだ。

「よく、そこまで勉強しようって、思ったね」

「わたくし、パンの買い方もわからないほど、世間知らずだったのがショックで……」

出会ったときから、数ヶ月で大きく成長していた。あのとき、パンの売店の前で困っていた少女と、同一人物とはとても思えない。

エルは現状を聞き、商品を売り込むチャンスだと考えた。

「シャーロットのお父さんの商会、今、困っているでしょう？」

「確かに、お父様は困った状況にあると思うけれど……」

「魔石バイクはすごいの！　発売されたら、絶対に大人気になるはず！　これ以上の説明は難しいから、実際に見てもらったほうがいいかも」

「わたくしには決定権なんて、ないわよ？」

「それでもいいから、見てほしい」

エルの熱い訴えが、シャーロットに届いたのだろう。コクリと、頷いてくれた。

外に出て、イングリットが魔石バイクに乗ってみせる。噴水の周りをくるくる回った。続けて、列をなすように植えられた木を、ジグザグに走っていく。減速せずとも、スイスイと木を避けていた。小回りのよさを主張しているのだろう。シャーロットは呆然と、魔石バイクを眺めるばかりだった。

「ねえ、シャーロット、どう？」

反応がなかったので、肩をポン！　と叩く。すると、シャーロットはビクリと震えた。

「シャーロット、どうかした？」

「あ、ご、ごめんなさい。驚いて、しまって」

シャーロットは息を吸って、吐く。そのあと、エルの手を掴んで捲し立てるように喋った。

「あれ、すごいわ!!　世紀の大発明よ!!　魔石車は、あんなにちょこまか走れないわ。あれだったら、路地の奥にある家にも入れるし、置いておくにも場所を取らない。欲しいと思う人が、たくさんいると思うわ!!」

「エル、大丈夫？」

勢いに押され、今度はエルのほうがポカンとしてしまう。

「う、うん」

イングリットが魔石バイクを押しながらやってくる。シャーロットは先ほどの言葉を、寸分も違わずに伝えていた。イングリットも、エル同様にポカンとする。

「何よ、あなたたち。わたくしに勢いよく紹介していたのに、ぼんやりしているなんて」

「だって、ここまで気に入ってくれるとは、思わなかったから。ねえ、イングリット？」

「あ、ああ」

すぐさま、シャーロットは父親に紹介してくれるという。

「あ、じゃあ、この魔石バイクは、ここに置いて帰――」

「それはダメよ！」

シャーロットはぴしゃりと、注意する。

「もしも、うちの商会が魔石バイクの情報を盗んで、独り占めしたらどうするの？」

「そんなこと、するのか？」

「するかもしれないわ」

イングリットの反応を見て、シャーロットはため息をつく。

「あなた、大人なのに、お人好しだわ」

その言葉に、エルは深々と頷いてしまった。

この日、シャーロットの父親であるグレイヤード子爵とも会えた。彼の話で、工場で働いていた職人を引き抜き、素材を買い占めていた人物が明らかとなる。それは、イングリットの敵であるジェラルドだったのだ。共通の敵がいるとわかると、イングリットと意気投合をするのは早かった。

最後に、魔石バイクを紹介すると、シャーロットより興奮した様子を見せる。

「この魔技巧品の販売を、うちで独占してもいいのか？」

「ああ」

「ありがとう!!　本当に、ありがとう!!」

契約は成立である。だが、新たな問題も浮上した。魔石バイクの素材は、ゴブリン・クイーンのまとっていた魔弾ゴム、黄金スライムの液体金、錬金術師が作った特別塗料が必要になる。

これらを、大量生産できるだけの数を揃えるのは、不可能に等しい。

ここから、イングリットはさらに魔石バイクを改良しなければならなかった。

◇◇◇

イングリットはまず、魔石バイクを量産用にするため、頭を悩ませているようだった。もともと、注文があって作った魔石バイクは、材料を採りに行く人件費などは含まれていない。もちろん、開発費や組み立て工賃も入っていなかった。純粋な材料費のみで算出した、値段だったという。

いくらで売るつもりだったのか聞いたとき、エルは膝から頽れてしまった。魔石バイクの値段があまりにも安かったからだ。依頼者に買われなくてよかったのだと、思ったくらいだ。

イングリットは天才的な魔技巧品を作る才能がある。だが、商売人としての才能はからっきしだったのだ。エルはある程度、モーリッツから世の中の経済というものを学んでいた。イングリットは、何も習わない状態で王都に来てしまったのだろう。

「ジェラルド・ノイマーが妨害してくれて、逆によかったかも」

「そっか。あいつも、たまにはいいことをするんだな！」

「そういうことに、しておこう」

現在、イングリットは魔石バイクのどの機能をなくすのか、考えているところだという。

「この、火球を打ち出す機能は必要だよなー」

「え、何、それ？」

「もしも、街中に魔物がやってきたとき、走りながら攻撃できるように付けた機能なんだ。便利だろう？」

「は……!?」

「この、川を走るときに使う、水中車輪機能も外せないし。あと、自動歯磨き装置もいるよな。朝、忙しいときはついつい忘れるから」

エルは、見たこともない宇宙が目の前に広がったような気がした。

「イングリット。魔石バイクには、そんな機能が、たくさん付いているの？」

「ああ」

エルの聞かされていない機能が、三十も搭載されていた。思わず、頭を抱え込んでしまう。これらの機能は魔石に依存するものではなく、使用者の魔力に依存するものだったらしい。そのため、魔石の消費を減少させるときに話題として出さなかったのだ。

「嘘でしょう。こんな無駄な機能が魔石バイクにあったなんて……！」

だが、絶望もしていられない。エルは立ち上がり、イングリットに接近する。そして、肩をがっしり掴み、顔を近づけて魔石バイクについての助言を口にした。

「全部、外して」

「え？」

「魔石バイクは、地上をただ走れるだけでいいの。火球を発射したり、水上を走ったり、自動歯磨き機能なんて、絶対必要ないから」

「で、でも、これらの機能がないと、ジェラルドの魔石車に勝てないだろう？」

「ジェラルド・ノイマーのことは、今後一切忘れて。一番に、消費者のことを考えるの」

商品の開発において、もっとも大事なのは、使いやすいこと。それから、製作費用をなるべく抑え、消費者が買いやすい価格に定めることだ。エルは熱く、熱く訴える。

「みんな、魔石バイクに、走ること以外、求めていないから」

「そ、そうだな。わかった。エルの言う通りにする」

わかってくれたので、ホッと胸を撫で下ろす。イングリットは魔技巧品を作る職人であるものの、頭が固いわけではない。エルの言い分が正しければ、認めて意見を取り入れてくれる。

「イングリット、ありがとう」

「なんの礼だ？」

「わたしの話を、聞いてくれた、感謝の気持ち」

「だったら、私のほうこそ礼を言わなければならない。間違ったらきちんと指摘してくれて、それから的確な助言をくれて、あとは、一緒に商品開発をしてくれて、ありがとう」

イングリットの言葉に、エルは感極まる。彼女の役に立てていることが、何よりも嬉しく感じたのだ。最後の言葉も、胸に深く響いた。

家族ではないのに、イングリットはいつだってエルを第一に考えてくれる。感謝しても、しきれないだろう。

「不思議だね、わたしたち。家族ではないのに、いつも一緒にいるから」

「何を言っているんだよ。エルはもう、家族みたいなもんだ」

「わたしが、イングリットの、家族？」

「身分証にも、一緒の家名を名乗っているだろう？」

「あ、そう、だね。イングリットとわたしは、家族、なんだ」

「そうだよ」

王都にやってきて、まさか家族と呼べるような存在に出逢えるとは思ってもいなかった。イングリットとこうして共に生きられる奇跡に、エルは感謝する。

「さて、エルの助言を反映させた魔石バイクを造らないとな。代替部品も、考えなければいけない」

代替部品については、錬金術師のキャロルが協力してくれるという。

「たぶん、だいぶ魔法の機能を削ったから、その辺に売っている素材で造れると思うんだ」

「設計図のチェックから、しておけばよかった」

「まあ、そうだな」

ゴブリン・クイーンの魔弾ゴムや、黄金スライムから採取する液体金属は、本来なら必要な品ではなかったのだ。苦労を思い出したら、ぐったりとうな垂れてしまう。

「でも、大迷宮に行ったおかげで、キャロルに会えたから」

「そうだな。国家錬金術師の知り合いなんて、めったにできないだろうから」

人と人の出会いは不思議なものである。どの行動が、誰に繋がるのかまったく想像できない。

これからも、人と繋がる縁は大事にしたいと思うエルであった。

◇◇◇

イングリットはたった一週間で、量産用の魔石バイクの設計図を完成させた。グレイヤード子爵は設計図と、エルが作った製造費についての計算を前に、驚きを隠せない様子だった。

「これは、本当にこの製造費で造れるものなのか？」

「うん。フォースターに確認してもらったから、たぶん大丈夫」

「フォースター？」

「あ、フォースター公爵のこと」

「フォースター公爵だと!?　き、君は、どうして彼と知り合いなんだ？」

「いろいろ縁があって」

驚くグレイヤード子爵に対して、その娘であるシャーロットは冷静だった。

「お父様、今更よ。こんなすごい物を開発できるお友達がいるんだから、フォースター公爵とお知り合いでもなんら不思議ではないわ」

「いやいやいや、フォースター公爵といえば、貴族である我々でさえ、生涯お会いできるか、わからないくらいの超大物だぞ!?」

「じゃあ、エルはもっともっと、大物なのね」

シャーロットは胸に手を当て、うっとりしながら呟く。

「わたくしの、自慢のお友達なんだから！」

「お友達……！」

友達という特別な響きに、エルは胸が高鳴る。が、それに気を取られている場合ではなかった。

「問題は、素材が入手できるかどうか、だな」

現在、ジェラルド・ノイマーが一部の流通を牛耳り、グレイヤード子爵の工場は明らかに煽(あお)りを受けている。魔石バイクの生産に、不安を感じているようだった。

「そうだと思って、これを、グレイヤード子爵に」

エルが差し出した封筒は、フォースターが書いた紹介状である。これを、各商会へ持っていけば、優先的に取引をしてくれるという。

「なっ……こ、これは、どうして、フォースター公爵が？」

「わたしが、お願いしたの。受け取って」

信じがたいという表情で、グレイヤード子爵は紹介状を手に取っていた。

「これは……すばらしい物だ。深く、感謝する」

「こちらこそ、お礼を言わなきゃいけない。ね、イングリット」

「ああ、そうだな」

グレイヤード子爵は魔石バイクを一目見て、気に入ってくれた。それから、イングリットの才能も認めてくれたのだ。普通は実績のない魔技巧師の発明品を製品化することなど、ありえない事態である。

「いや、あの魔石バイクは、本当にすばらしい品だった。見ただけでわかったよ。斬新で、造形も洗練されており機能的だ。イングリットさん、あなたは、間違いなく天才だ」

グレイヤード子爵に真っ正面から褒められたイングリットは、頬を赤く染めていた。エルも、イングリットが褒められて嬉しくなる。

「しかし、魔技巧品の発明はこれが初めてではないんだろう？　今まで、どんな品物を作っていたんだ？　もしも、製品化できるものがあれば、ぜひうちに見せてくれないだろうか？」

イングリットは遠い目をしながら、発明した品々を挙げていった。

「保温魔石鍋、保冷魔石庫、魔石水道に、自動書記本、自動洗髪器、按摩椅子、魔石噴水に、あとは魔石車。他にもいろいろあるが、よく売れたと聞いていたのは、この辺りだな」

シャーロットは瞳を見開き、グレイヤード子爵は白目を剥いていた。

「すべて、ジェラルド・ノイマーの工房の売れ筋商品ではないか！　彼から被害を受けたと聞いていたが、まさか、著作権を奪われたのか!?」

「著作権が何か、知らないまま田舎からやってきたんだ。奴の工房で働いているときは、毎月銅貨三十枚しか受け取っていなかった」

「ど、どどど、銅貨三十枚だと!?」

今度は、目が零れそうなくらい見開く。グレイヤード子爵にとって、魔技巧士をたった銅貨三十枚で雇うことは、ありえないことらしい。

「ジェラルド・ノイマーめ。とんだ極悪詐欺師だな。今まで、辛かっただろう」

「あー、まあ、話を聞いたときには腹が立ったが、今はどうでもいいんだ。奴について考える時間が、惜しい。そんな暇があったら、新しい魔技巧品を作っているさ」

「そ、そうか……」

イングリットほど、寛大な者をエルは知らない。だから、卑怯で狡猾な考えを持つ悪人から、遠ざけなければとエルは思っている。

「フォースター公爵が、君たちに手を貸す理由が、わかる気がする。あまりにも、純粋だ。放っておくと、悪い大人に利用されそうで、恐ろしい」

「フォースターもけっこう、悪い大人だけれど」

「え？」

「ううん、なんでもない」

とにかく、魔石バイクは悪いようにはしないと約束してくれた。契約書は、後日用意してくれるという。

「この魔石バイクは、君たちの生活を豊かにしてくれるだろう」

「わたしたちだけではなく、グレイヤード子爵や、シャーロットも」

「そうだな」

「エル、ありがとう」

手と手を握り、共に戦うことを決意した。これで話は終わりだと思いきや、引き留められる。

「実は、もう一つ問題があるんだ」

「え、何？」

深刻そうな表情で、グレイヤード子爵は問題について口にする。

「ここ最近、魔石の確保が、まったくできないんだ。だから、魔石バイクを販売しても、魔石が手に入らないことを理由に、庶民には売れないかもしれない」

エルとイングリットは、思わず顔を見合わせた。

「君たちは、魔石の入手ルートに心当たりがあるのかい？」

「うん。でも、大量に提供できるかわからないから、待ってくれる？」

「承知した」

グレイヤード子爵は、魔石バイクの生産ラインを作る方向で検討してくれるようだ。

「では、ひとまずこれを」

グレイヤード子爵は懐から細長い冊子を取り出す。羽根ペンを手に取り、インクを付けてさらさらと数字を書いていた。インクが乾く前に、それは差し出される。

「魔石バイクの著作権料だ。あまり多くはないが、大丈夫だろうか？」

グレイヤード子爵が手にしているのは、小切手である。金額は、金貨百枚と書いてあった。

「こ、こんなに、もらっていいのか？」

「昔に比べたら、多くはないけれどね」

庶民の一ヶ月の給料の平均が、金貨一枚である。イングリットにとっては、大金であった。

「イングリット、受け取って」

小切手を受け取るイングリットの手は、震えていた。これだけの価値が、魔石バイクにはあるのだ。胸を張ってほしいと、エルは思う。最後に、イングリットとグレイヤード子爵は固い握手を交わしていた。交渉は、成立となる。

シャーロットやグレイヤード子爵と別れ、家路に就く。馬車に乗り込み、御者に合図を出す。馬車はゆっくりと、動き始めた。エルの目の前に座るイングリットは、ただただ手にした小切手を見つめていた。瞳には信じがたい、という感情が滲んでいる。

ジェラルド・ノイマーに騙され、魔技巧士としての成功を奪われてしまった。けれど、彼女は魔技巧品を作ることをやめなかった。ようやく、頑張りが報われる瞬間がやってきたのである。

「イングリット、よかったね」

エルがそう言うと、イングリットは涙をポロポロと零し始めた。イングリットは本当に頑張った。その努力が、ようやく認められたのだ。エルはイングリットの隣に座り、イングリットを抱きしめる。幼子をあやすように、背中を優しく撫でてあげた。

帰宅後、エルとイングリットは魔石について話し合う。

「問題は、魔石だな」

エルは魔鉱石を採り、魔石を作ることができる。しかし、一人で作るには限界があった。魔石バイクの需要に追いつけるほどの魔石を作るのは困難だろう。

「市場の魔石は粗悪品も多い。良質な魔石は、貴族が買い占めている。これが、問題だな」

いくら魔石バイクが売れても、肝心の魔石がなければ使えない。

「どうすればいいんだ」

エルは考える。フォースターに言って、魔石の流通を見直してもらうか。現在、魔石市場はよくない状況にある。粗悪な魔石が売られ、粗暴な魔石売りが思うままに勢力を振るっているのだ。

絶対的な権力を持つ誰かが介入しないと、いずれ崩壊してしまうだろう。

「でも、お祖父さんをこれ以上頼るのは、なんだか嫌だな」

「お、エルサン、反抗期か？」

「そう、反抗期」

魔石市場をどうこうするのは、エルが考えることではない。今、大事なのは、魔石バイクの需要に対応できる魔石の供給ラインを作ること。

「一番いいのは、エルの作る高品質の魔石で魔石バイクを走らせることなんだが。一人で作るのは、無理があるもんなー」

「一人では、無理——あ！」

「何か、思いついたのか？」

「うん。魔石の製造ラインを、考えればいいんだ！」

魔鉱石を採り、魔石に加工する。その流れを、作り出せばいいのだ。

「でも、魔石作りって簡単じゃないんだろう」

「うん。普通の人には無理。でも、手先が器用な妖精族だったら、できるはず」

「なるほど！　妖精の魔石工房か。いいな」

「でしょう？」

魔鉱石は、その辺りの山でも採れる。グレイヤード子爵家に領地があれば、採掘できるだろう。

「魔鉱石って、その辺にあるものなのか？」

「あるよ」

魔鉱石と呼ばれているが、別に特別な物質ではない。この世にあるありとあらゆる物には、魔力が宿っているのだ。

「魔石に使うような魔鉱石は、魔力濃度の高い石を使っているだけだから」

「そうなんだな」

その辺に転がっている石でも、魔力があれば魔石となるのだ。

「妖精は召喚するのか？」

「うーん。少なくとも、三十は必要だから、召喚で呼ぶのは難しいと思う」

「だったら、妖精族の村に行って交渉するしかない、ってわけか」

「そうだね。ヨヨに、知り合いの妖精がいないか、聞いてみよう」

日向(ひなた)で昼寝をしていたヨヨを起こし、妖精族について話を聞くことにした。

「ヨヨ、ヨヨ、起きて。ヨヨ！」

『うーん、エルゥ、もう、薬草はいいから、帰ろうよぉ……！』

「一体、なんの夢を見ているんだ？」

「たぶん、わたしと薬草摘みに出かけて、いつまで経っても帰ろうとしないから、しびれを切らしている夢」

「なんだ、それは」

ヨヨは毎回、エルが日没前まで薬草摘みをするので、早く帰ろうと急かすのだ。もう、森で薬草摘みなんてしていないのに、夢に見てしまうヨヨをエルは笑ってしまう。

「ヨヨ、もう日が暮れるまで薬草摘みをしないから、起きて」

『絶対嘘だ～～～……ハッ!!』

ここで、ようやくヨヨは目覚める。むくりと起き上がって、『何か用？』と問いかけた。

「寝ているところに、ごめん」

『いいよ。それで、なんか用なの？』

「うん」

エルは魔石の生産についての計画を、ヨヨに聞かせた。

『なるほどね。魔石の大量生産かー。たしかに、妖精族はいいかもしれない』

「でしょう？　でも、どの妖精に頼めばいいのか、わからなくって」

「ヨヨと同じ小山猫の一族は、他にいるのか？」

イングリットの質問に、ヨヨは欠伸を噛み殺しつつ答えた。

『いるっちゃいるけれど、猫系の妖精は使役（しえき）に向かないよ。気まぐれで、やる気は自分の興味があることにしか示さないし』

「なるほどな。契約する種族も、考慮しないといけないのか。細かな作業に向く妖精族は、いるのか？」

『有名なのは、鼠妖精（ラ・フェアリ）かな』

「鼠（ねずみ）の妖精？」

『そう！』

賢く、手先は器用で、性格は温厚。ただ、数が少なく、召喚しても応じないことが多い。

『鼠妖精の村は、他国の領土内にあるから、直接行くのもダメだろうし、鼠妖精は諦めたほうがいいかも』

「そっか。他に、手先が器用な妖精はいる？」

『いるっちゃいるけれど……うーん』

「何か、問題があるの？」

『ちょっと、性格が荒くて、凶暴なんだよね。荒熊妖精（ラクーン）っていうんだけれど』

「荒熊妖精、なんんか、聞いたことがあるかも」

細かな作業ができるからと召喚し、使役できずに術者が傷だらけになった、という記録を読んだことがあった。

「ヨヨみたいに、友好的な妖精じゃないんだね」

『まあ、友好的な妖精のほうが少ないよね』

「そうなんだ」

ちなみに荒熊妖精の村は、わりと近い位置にあるらしい。

「ヨヨ。この辺には、荒熊妖精の他に、手先が器用な妖精族はいないの？」

『いないね』

「そっか」

イングリットと顔を見合わせる。

「どうする？」

「難しい問題だな。使役しにくいのならば、魔石生産には向かないし。エルは、どう思う？」

「うーん」

荒熊妖精について、ヨヨから聞いた話や、書物で読んだ情報しか知らない。一度、どのような生態なのか、見に行ってみてもいいのではないか。そう、考える。

「一回会って、話をしてみたい。ダメだったら、別の方法を、考えるから」

「わかった。行ってみよう」

「いいの？」

「ああ。荒熊妖精がどんな奴か、気になるしな」

「イングリット、ありがとう」

「いいってことよ」

早速、冒険の準備を整えた。荒熊妖精の村まで、ヨヨが案内役を務める。ネージュとプロクス、フランベルジュも同行すると名乗り出た。

「出発前に、お祖父さんに話をしてくる」

「一緒に行こうか？」

「大丈夫」

フォースターは執務室で仕事をしているという。邪魔するのは悪いと思ったが、すぐに出発したい。秘書に聞いたら、すぐに執務室に通してくれた。

「おや、エル。お祖父さんが、恋しくなったのかい？」

「ううん、違う。今から出かけるから、報告に来たの」

「そうか。夕方までには、帰るんだよ」

「それは無理。北にある、フルルンの森に行くの」

「フルルンの森だと!?」

フルルンの森――それは、荒熊妖精の村がある森である。魔物も多く生息し、迷いの森でもあることから、なるべく近づかないよう注意喚起されている地域らしい。

「なんで、そんな所に行くんだ！　危ないだろう」

「用事があるの」

「それは、あの、君がお友達としている商売が関係しているのかい？」

エルが頷くと、フォースターは眉間に皺を寄せてため息をついている。

「危ないから、よすんだ。必要な品があるのならば、騎士を派遣するから」

フォースター公爵家には、私設騎士団がある。それを、フルルンの森まで行かせるというのだ。

「それはダメ。妖精族との交渉だから、わたしが行かなければいけないの」

「しかし、フルルンの森は危険なんだ」

思いがけない反対を受け、エルは深いため息をつく。

「エル、私は君が心配だから、言っているんだよ」

「わかっている。でも、わたしはお祖父さんと会う前に、イングリットと冒険をしてきた。ギルドに手配されていた魔物だって、倒したし」

「それは、本当なのか？」

「本当」

ギルドカードを取り出し、フォースターに討伐実績を見せた。

「こ、これは！」

闇属性のワイバーン、炎属性のオーガ、ゴブリン・クイーンを討伐している。もちろん、エル一人の力ではない。イングリットや、フランベルジュ、プロクスの協力もある。

これらを見せたら、フォースターも強く反対できないようだ。

「わかった。ただし、条件がある」

「条件？」

フォースターの条件とはなんなのか。エルは思わず身構える。もしや、私設騎士隊を連れていけと言うのか。それとも、フォースター自身が付いてくるつもりなのか。どちらもお断りである。

エルは顔を上げ、フォースターをジッと見つめる。フォースターは余裕たっぷりの笑みを浮かべながら、秘書に「例のアレを」と命じていた。

「何？　何を、用意しているの？」

「それは、見てからのお楽しみだよ」

エルは奥歯を噛みしめる。絶対に、負けられない戦いだ。魔石バイクの成功は、エルが作る魔石を大量生産できるかにかかっていた。ここで、足止めを喰らうわけにはいかない。

「もしも、とんでもない条件だったら、わたしはここを出て、二度と帰ってこないだけだから」

「おや、エル。私が提示する条件から、逃げると言うのかい？」

そう言われてしまうと、真っ向から受けなければいけなくなる。フォースターには、どうしてか負けたくなかった。

「エル、残念ながら、残酷な者たちの手によって、君そっくりの少女が黒斑病を広めたというデマが広がっている。公爵家の庇護なしでは、商売はおろか、暮らすことすら困難となるだろう。それをわかっていて、出ていくほど愚かではないと、思っているよ」

「お祖父さんの、そういうことを言うところが、嫌い！」

「ははは、嫌いで結構。君の抱く嫌いは、他の邪悪な人間の嫌悪感に比べたら、実に甘美なものだよ。何よりも恐ろしいのは、無感情、無関心だからね。ふふ、そうか、私が嫌いか」

はっきり「嫌い」と言ったのに、逆にフォースターを喜ばせてしまった。どうしてこうなったのかと、エルは内心頭を抱える。

そうこうしているうちに、秘書が戻ってきた。何やら、大きな箱を抱えている。あの中には、一体何が入っているのか。エルは身構えていた。

箱の蓋はフォースターが直々(じきじき)に開く。そして取り出されたのは——フリルとリボンがふんだんにあしらわれた、薄紅色のドレスだった。

「この、〝薄紅大天使〟の装備を着て、冒険に出かけるのだ」

エルは目が点となる。あまりにも、想定外の要望だったからだ。

「これは、薄紅色の一角聖羊(セイグリット・ムウトン)という、聖獣の毛を紡いだ糸で作られた、魔法衣である！　物理攻撃を弾き返し、魔法ならば二倍の威力で反撃する、非常にすぐれた装備なのだ！」

冒険に相応(ふさわ)しいとは思えない華やかな見た目はさておき、装備品としては一級の品のようだ。

「もしかして、条件って、これを着るだけ？」

「着たあと、私に見せてほしい。そして、肖像画として収めたいから、後日ポージングに付き合ってほしい。ちなみに、ポージングは、こう、だ」

フォースターはおもむろに立ち上がり、首を傾げ、頬に両手を当ててにっこり微笑むポーズを決めていた。提示された思いがけない条件に、エルは奥歯を噛み締めた。

「エル、見ていたかね？　もう一回しようか。こう——」

「いい。もう、二度と見たくない」

フォースターは静かに、腰を下ろした。

「以上が、私が出した条件だ。さあ、エル、どうする？」

ニヤリと、フォースターはいやらしく笑いながらエルを見つめる。人の心がないと、エルは思った。だが、聖獣の加護が付いたドレスは、正直ありがたい。条件はそこまで厳しいものではなかった。エルがしばし我慢をすればいいだけの話である。

「そもそも、どうして、そのドレスを持っていたの？」

「エルと一緒に、旅行に行く日もあるかと思って、買っておいたのだよ」

悩む時間がもったいない。ドレスはエルにとっても多大な利益をもたらす。断る理由はなかった。

「わかった。そのドレスを着る」

「肖像画も、承諾したと？」

「変なポーズはしたくない」

「承知した。その辺は、絵師に創作させよう」

こうして、エルは嫌々フォースターの条件を呑むこととなった。箱の中には、ドレスだけでなくボンネットや、リボン、靴も納められていた。全身コーデだったようだ。

「エル、気を付けて、行ってくるんだ。無理はせず、危ないと思ったら、すぐに帰ってきなさい」

「わかっている」

「あとは、これを持っていくといい」

フォースターはエルに、抽斗（ひきだし）に入っていたカードを差し出す。

「え、これ、召喚札（サモン・カード）？」

「お小遣い代わりだ」

三枚の召喚札には泥人形（ゴーレム）に、三頭犬（ケルベロス）、鷹獅子の絵が印刷されていた。

「これ、三枚ももらっていいの？」

「ああ、いいよ。私はもう、冒険になんか行かないからね。安全な場所で、高みの見物しかできやしない。もしも、エルが危険にさらされるようなことがあったら、使ってくれ」

「お祖父さん、ありがとう」

エルはペコリと会釈し、踵を返す。部屋から出ていく前に、フォースターを振り返って言った。

「嫌いって言って、ごめんなさい」

「いいよ。エルが、本当は私が好きなことくらい、わかっているさ」

「好きではないから」

ぴしゃりと言って出ようとしたが、フォースターに引き留められる。

「待つんだ、エル」

「何？」

極めて真剣な表情で、エルに訴えた。

「ドレスを着たら、私に見せに来るんだよ。出発前に、必ずだ」

それに対して、エルは「気が向いたら」とだけ答えた。

数分後。エルは渋々着替え、フォースターの前に出た。その瞬間に、後悔する。

「――はあ、はあ、はあ!!　さ、さすが、私のエル！　美とは、エルのためにある言葉だ!!　も、もっと近くで見てみたい！　一歩、あと一歩、接近しても、許されるだろうか？」

「ダメ！　それ以上、わたしに近寄ってこないで！」

近づこうとしていたフォースターを、エルは力強く牽制する。フォースターはピクリと反応し、

動きを止めた。なぜ、このような不可解な状況になったのか。エルは眉間の皺を深めてしまう。いいや、

「その美しさを、絵にして永遠のものとしたい。いや、むしろ、ずっとそばにいてほしい。いいや、看取ってもらおうか……」

「意味わからないこと言っているの、わかっている？」

「すまない。思っていた以上にすばらしいものだから、頭が混乱しているのかもしれない」

これ以上、何を話しても無駄だろう。エルはため息をつき、フォースターに「行ってくるね」と声をかける。

「気を付けるんだよ、私のエル」

「お祖父さんのじゃないから」

ぴしゃりと注意して、フォースターの執務室を出た。

「エル、大丈夫だったか？」

「なんとか。行こう」

フォースターの許可が出たので、エルとイングリットは出発する。向かう先は、荒熊妖精が棲む、フルルンの森。久しぶりにプロクスは成獣体となり、庭に鎮座していた。背中にはしっかり鞍が装着され、乗り心地は改善されている。

『ぎゃうぎゃうぎゃうー（百人乗っても大丈夫！）』

「いや、百人は無理でしょう」

プロクスの発言に対し、エルは冷静に突っ込んでおく。

『さあ、冒険の、始まりですわよ！』

ネージュは張り切ってプロクスに跨がろうとしていたが、足が短くて鞍に届かない。フランベルジュは素振りのつもりなのか、目にも留まらぬ速さで回転していた。ヨヨは近くにある木の幹に爪を立て、丁寧に研いでいる。

「なんていうか、びっくりするくらい協調性がないチームだな」

「それは言えてる」

エルは息を大きく吸い込み、声をかけた。

「ヨヨ、行くよ！　フランベルジュは、鞍に乗せるから大人しくして。ネージュは、わたしが乗せてあげるから、待っていて」

プロクスは期待を込めた瞳をエルに向ける。特に言うことはなかったが、なんとか捻り出す。

「プロクスは、安全運転で、お願い」

『ぎゃーう！（任せて！）』

エルの元にやってきたヨヨを、魔法鞄に詰め込む。フランベルジュはイングリットが鞍に縛り付けていた。直立不動で待つネージュを鞍に乗せ、エル自身も跨がった。最後に、イングリットが乗り込む。準備は万全である。

プロクスは大きな翼をはためかせる。すると、少しずつ浮いていった。どんどん上昇し、ついには地上を見下ろせるくらいの高さまで辿り着いた。結界を張っているので、風の抵抗や寒さは感じない。実に、快適な旅である。ただし、高所が気にならないのであれば。

『ひえええええ、な、なんて高さを、飛んでいますの!?』

ネージュは高い所が苦手なのか、全身ガクブルと震えていた。

「ネージュ、大丈夫？　魔法鞄の中に、入る？」

『わたくしは騎士ですから、ご主人様を守るために、前に立っていなければ、ならないので——』

強風が吹き、プロクスの体がわずかに傾いた。ネージュは鞍にしがみつき、悲鳴を上げている。

「ネージュ、私は平気だから、魔法鞄の中に入ったら？」

『いえいえいえ、空の上でも、魔物は出ますし、そうなった場合、わたくしは剣を抜いて、戦わなければならないので』

「空を飛ぶ魔物なんて、滅多に出ないと思うけれど」

　エルがそう返した瞬間、プロクスが叫んだ。

『ぎゃーう、ぎゃーう!!（前方より、敵襲!!）』

「えっ!?」

「エル、どうしたんだ？」

「前から魔物が飛んできているって」

　前方を見てみたら、たしかに黒い点に見える何かがこちらに向かって飛翔してきている。

「エル、見えるか？」

「肉眼だったら、黒い点が見えるくらい」

　イングリットは腰ベルトに吊（つる）した鞄を探り、望遠鏡を取り出す。すぐに覗き込み、前方にいる敵を確認していた。

「ヤバいのが、飛んできているな」

「ヤバいのって？」

「ハルピュイア――飛行系の中位魔物だ」

ハルピュイア――人間の女性のような上半身に、手は翼、鶏のような脚に、鋭い爪先を持つ魔物である。

「クソ、なんで、あんな稀少で凶暴な魔物が王都周辺に出るんだよ！」

イングリットの叫びには、焦りが滲んでいた。エルは地上に視線を向ける。見渡す限りの大森林であった。プロクスが降りられそうな場所はどこにもない。

イングリットに、どうするかなんて聞けない。やるしかないのだ。

「さて、問題は戦い方だな」

『わ、わたくしが、先陣を、切りますわ！』

「ウサぐるみ、大丈夫なのか？」

『も、もちろん』

ネージュの声が震えていた。ただでさえ高所恐怖症なのに、初陣がハルピュイアとあっては運が悪いとしか言いようがない。明らかに、頼りになりそうにないが、イングリットはネージュを戦力の一つとして考えているようだ。

「ウサぐるみ、空は飛べないよな」

『さ、さすがに、空は飛べませんわ』

ネージュは騎士なので、プロクスの背に乗ったままでは戦えない。ここで、エルはハッとなる。

「イングリット、わたし、お祖父さんから、召喚札をもらったの！」

「召喚札？」

鞄から取り出し、イングリットに見せる。

「鷹獅子じゃないか！　こいつに跨がったら、近接戦闘も可能だな」

「うん。でも、ネージュ、本当に、大丈夫？」

ネージュは震える手で、剣を引き抜く。すると、耳がピクンと動いた。怯えていた瞳は、まっすぐに敵――ハルピュイアを捉える。

まるで、別人格が乗り移ったかのように、高所や魔物に対する恐れが消えたように見えた。

『ご主人様は、わたくしが守りますわ!!』

凜々しく叫ぶ。

「よし、じゃあ、ウサぐるみは鷹獅子の背に乗って、近接攻撃。私は、ここから遠方射撃をする」

黒い点としてしか見えなかったハルピュイアの姿が、はっきり見えるようになる。明らかな殺意を持って、飛んできていた。あの様子だと、地上に着地したとしても追いかけてくるだろう。

ハルピュイアの真っ赤な瞳が、キラリと光る。

「エル、始めるぞ！」

戦いの火蓋が切られた。まず、エルは召喚札を投げて、鷹獅子を召喚した。通常、鷹獅子は馬と同じくらいの大きさだが、大型犬と同じくらいの大きさの鷹獅子が出てくる。

「おお、ウサぐるみが乗るのにぴったりな大きさだな」

「ネージュ、召喚札の幻獣は、大打撃を負ったら消えてしまうから」

『承知いたしました』

「エル、ネージュにアレを持たせてやれ」

イングリットの指示に、エルはコクリと頷いた。鞄を探って、取り出す。

「もしも、危険を感じたら、これを使って」

ネージュに手渡したのは、小さな背負い鞄である。

『ご主人様、これはなんですの？』

「イングリットの発明品、落下傘（パラシュート）」

空から落下しそうになったときに、鞄の紐を引いたらキノコのような傘が飛び出し、安全に降下できる道具である。まだ試作品で、上手く使えるかどうかもわからない品だ。ないよりはいいだろうと思い、ネージュに背負わせてやる。

『では、行ってきますわ！』

ネージュは鷹獅子の背に飛び乗り、プロクスの前に出る。

「ウサぐるみ、やるな。私も、頑張るか」

そう言ってイングリットは弓を手に取り、鐙（あぶみ）を踏みながら立ち上がった。

「イングリット、立ったら危ないよ！」

「立たないと、矢を射れないんだよ。足で鞍を挟んでいるから、平気だ」

空の上で、矢を当てるのは至難の業だろう。だが、イングリットは当てる自信があるという。一方で、エルは魔石を当てる自信なんてない。結界の外に出たら、地上へ落下するのはわかりきっている。今回は魔石を使わずに、補助に回ったほうがいいだろう。

鞍に積んでいた水晶杖を手に取って、いつでも回復魔法を放てるようにしておいた。

『キィイイイイイイイイ!!』

ハルピュイアの甲高い咆哮が聞こえた。耳がジンジン痛む。翼をはためかせ、接近するハルピュイアは、ゾッとするほど恐ろしい姿をしていた。目は赤く光り、鼻はない。口は大きく裂けていて、鋭い牙が覗いている。得意とするのは、接近戦でなく魔法だと本で読んだことがある。

『ギュオオオオオオオン!!』

先ほどとは異なる鳴き声を上げた。その瞬間、ハルピュイアの前に魔法陣が浮かんだ。

『ぎゃう、ぎゃううんー（魔法が来るよ！）』

火の球がいくつも浮かび、弾丸のように放たれる。エルは守護の呪文を唱え、結界を張った。

「――我が身を守れ、守護陣（エスクード）！」

目には見えない巨大な魔法の盾が出現し、火の弾をすべて防いだ。

『行きますわよ!!』

勇ましい叫びと共に、鷹獅子に跨がったネージュがハルピュイアに向かう。鷹獅子はハルピュイアの前で一回転し、同時に、ネージュが斬りかかる。ハルピュイアの胸から、赤い血が噴き出した。

「やった！」

イングリットは「いや、まだだ」と叫び、一射目を放つ。残念ながら、当たる寸前で避けられる。

『ガー、ガガガ、ガアアア、ギャアアアアアアアアア!!』

ハルピュイアがひときわ甲高い声で叫ぶ。近くにいたネージュの体が咆哮の衝撃で傾き、鷹獅子から落ちてしまった。鷹獅子の姿も、消えてしまう。

すぐに、ネージュは落下傘の紐を引いたようで、鞄から傘が広がる。ゆっくりと落下しているようだ。

「ネージュ!!」

「エル、ネージュはあとで回収する。まずは、あいつを倒さなければ」

イングリットが二射目を構えた瞬間、ハルピュイアは再び叫んだ。

『キィイイイイイイイヤアアアアアア!!』

エルは咄嗟に、耳を塞ぐ。それでも、耳への衝撃は避けられなかった。

「な、なんだ、あれは……！」

イングリットの言葉が、風呂場にいるかのように響いて聞こえた。耳がおかしくなっているようだった。それよりも、信じがたい光景を目にする。

遠くから、五体のハルピュイアが飛んできていた。

叫んだハルピュイアは大量の血を吐き、全身がカクンと痙攣したかと思えば、浮力を失い落下していく。

「なんだ、あれは」

「ハルピュイアの、復讐の儀式。自分に勝ち目がないときに、ああやって自害して、仲間を引き寄せるの」

「なんじゃそりゃ！」

さすがに、五体も相手にはできない。どうすればいいのか。絶体絶命である。

「ねえ、イングリット――」

「よっし、エル。ここから飛び降りるぞ」

そう言って、イングリットはエルを抱きしめる。

「私が飛び出したら、プロクスは小さくなって、エルにしがみつくんだ」

『ぎゃーう！（了解！）』

「え、何？　イングリット、飛び降りるって、どういうこと？」

「こういうことだ！」

イングリットはエルの鞄と自らのベルトを縄で縛り、荷鞍の荷物を背負う。そして、エルを抱きしめ、そのまま飛び出した。

「飛べ――――‼」

エルの視界に、青空が広がった。本来ならば、見えるはずもない光景である。

「なっ、なっ――――！」

『ぎゃーう！（着地！）』

プロクスは小型化し、エルにしがみついた。それと同時に、イングリットの背中に翼が生える。

「エル、歯を食いしばっておけ。舌を噛むぞ」

イングリットの注意のあと、ぐん！　と体が全力で引っ張られる。彼女の翼は大空を舞うのではなく、地上へ真っ逆さまに落下していた。くるくると回転し、今度は森の木々が視界に広がった。

空、木々、空、木々と目に見えるものが次々と入れ替わる。

「っ、きゃ～～～～～～～～！！！！」

思いっきり、悲鳴を上げる。舌を噛むと言われたが、恐怖が勝ってそれどころではなかったのだ。

エルはとうとう、ぎゅっと目を閉じる。

だんだん速度は上がっていき――――バサ、ボスン‼　という音を立てて着地した。

痛みはない。何か、フワフワした物の上にエルはいた。

「よし、着地成功！　エル、大丈夫か？」

「死ぬかと、思った」

「安心しろ。生きている」

イングリットに生きていると言われ、エルはやっと瞼を開いた。そこは、深い森の中。高くそびえる針葉樹林が辺り一面広がっている。

「怪我はないようだな」

体はどこも痛くない。鞄の中に身を隠していたヨヨも無事だ。エルにしがみついているプロクスも、問題ない。荷物の中のフランベルジュも、もちろん異常なしであった。イングリットの背中に生えた翼は、バキバキに折れている。

「あー、これはもう、使いもんにならないな」

「イングリット、それ、何？　落下傘では、ないよね？」

「飛行機（スライダー）だ。落下傘よりも速く飛べる魔技工品だよ」

イングリットの新作らしい。落下傘よりも精密に作られた物ではなく、試作段階だったそうだが、機能は十分だったようだ。

飛行中の記憶は、消し去りたい。酷い使い心地だった。だが、飛行機があったからこそ、逃げ切れたのだろう。落下傘の速度だったら、確実にハルピュイアに追いつかれて攻撃（こうげき）されていた。

「ハルピュイアを五体も相手にしたら、私たちは死んでいた。だから、飛行機に賭けた」

「イングリット、ありがとう」

感謝の気持ちを伝えると、イングリットはポカンとした表情を見せる。

「どうしたの？」

「いや、エルに怒られるかと思っていたから」

「怒らないよ。だって、無事だったじゃない」

「そうだけれど。逃げる過程がはちゃめちゃだっただろう？」

「それでも、わたしたちは怪我一つなく生きている。イングリットの思いっきりのよさのおかげ」

「ま、まあ、そうだな」

しかし、喜んでもいられない。ネージュとはぐれてしまったのだ。

「エルはネージュと契約しているんだろう？　何か、気配とかわからないのか？」

イングリットの疑問には、エルではなくヨヨが答えた。

『できるはずだよ。ねえ、エル。集中して、ネージュの魔力を探るんだ』

「ネージュの、魔力？」

『そう。意識したら、わかるでしょう？　僕の魔力も、目を凝らして見てみなよ』

エルはじっと、ヨヨを見つめる。すると、緑色の糸のようなものが、ヨヨの周囲に見えた。

「あ――、すごい。ヨヨ、森の中にいるから、いつもより、魔力が活性化されている？」

『まあね』

ヨヨは森暮らしの妖精なので、森の中だと普段より多くの力を有するようだ。

『何ができるかと言えば、地面から蔦（つた）を生やしたり、木の枝を自在に操れたりするだけだけど』

「それでもすごいよ」

ヨヨのすごさはひとまず置いて。エルは集中し、ネージュの魔力を探った。

「一応、ネージュが落ちていった辺りを目指していたんだが」

『だから、あんなにぐるんぐるん回っていたんだ』

「猫くんは大丈夫だったか？」

『人間だったら、吐いていたと思う。まあ、妖精だから平気だったけれど』

「エルはよく平気だったな」

『強い子に育てました』

イングリットとヨヨの会話は敢えて聞き流し、エルは集中する。うっすらと、白い絹のような糸を捉える。

「見つけた、ネージュの魔力！」

ネージュが残した魔力の痕を、辿る。出発する前に、プロクスが待つように言った。

『ぎゃうぎゃう！（荷物、持つよ）』

イングリットが背負っている鞄を、プロクスが持つと言う。エルが通訳すると、イングリットは眉尻を下げながら言った。

「その小さな体で、持てるのか？」

『ぎゃう（任せて）』

プロクスが『ぎゃーう』と吠えると、小さかった体が、むくむく大きくなる。一米突半ほどの、中型竜の姿へと変わった。

「ああ、なるほど。そういうわけか」

任せても大丈夫だと判断したイングリットは、プロクスに荷物を預ける。

「ここから先は、火炎剣様に頑張ってもらうか」

荷物からフランベルジュを引き抜き、前衛に置く。

「猫くんも、エルの守護を頼む」

『役立つかわからないけれど、まあ、頑張るよ』

ヨヨのゆるい返事を聞いたあと、ネージュ捜しが始まる。森は木々が鬱蒼と生えているからか、薄暗い。霧も漂っており、視界はお世辞にもよいとは言えなかった。どこかに、魔物が潜んでいるのだろう。エルは武器である魔石と投石器を握りしめる。ドキドキしながら、一歩一歩と歩みを進めていた。

『エル、気を付けて！　魔物だ！』

ヨヨの叫びに、エルは歩みを止める。ガサガサと葉がこすれ合う音が聞こえ、そこからフォレ・ウルフが飛び出してきた。数は三。以前エルを襲ったものよりも、一回りほど小さい。

『うおおおおおおお!!』

フランベルジュは雄叫びを上げ、素早く回転していた。戦闘前にあのように動いて大丈夫なのか。心配になる。ただ、威嚇効果は絶大で、フォレ・ウルフは襲ってこない。プロクスも戦う気があるようで、のしのしと前に出ていった。イングリットは長弓に、先端に魔石の鏃が付いた矢を番える。ヨヨはエルを守るように前に立っていた。ふわふわの尻尾をピンと立て、勇ましい様子を見せている。

『エル、僕より前に出ないでね』

「ヨヨ、カッコイイ！」

『もっと言って！』

「とっても、カッコイー」

『二回目、言い方が雑になっていなかった？』

「気のせい」

そんな会話をしているうちに、フォレ・ウルフは逃げてしまった。

「魔物が逃げたの、初めて見たな」

フランベルジュは振り返り、僅かに角度を反る。胸を張っているように見えた。見知らぬ森の中なので、なるべく体力は温存したい。戦闘を回避できるのはありがたいことだった。

先へ、先へと進んでいく。二時間ほど歩いたが、ネージュの姿はいまだ見えない。

「ウサぐるみは、どこまで行ったんだ？」

「うーん。なんか、魔力の通った痕に、迷いがないんだよね」

「躊躇しないで進んでいる、ということか？」

エルは頷く。森を進む中で、いくつか分岐があった。それすらも、迷わずどんどん進んでいる。

「もしかしたら、ネージュは誰かに連れ去られているのかもしれない」

「その可能性が高いな」

魔物だったら、その場で攻撃しているだろう。二時間以上離れた場所に連れていくということはしない。

「ということは、ネージュを攫ったのは、人間か、精霊か、幻獣か、妖精か、ってことか？」

「たぶん、そうなんだと思う」

　ヨヨに妖精や精霊の気配があるか聞いてみる。

『よくわかんない。いるかもしれないし、いないかもしれない』

「すごく、ふわっとした答え」

『基本、妖精や精霊、幻獣は気配が薄い。だから、よくわからないんだよ』

「そう」

　考えても答えが出てくるわけではない。ひとまず、長時間歩いて疲れたので、休憩を取る。開けた場所に魔物避けの結界を展開し、腰を下ろす。

　エルは魔石と魔石ポット、茶葉に水吐フグを取り出し、茶を沸かす。球状の水吐フグの類を左右の手で押すと、口から水が出てくる。

『オロ、オロロロロロ』

　見た目のインパクトから長い間使っていなかったが、慣れたら使い勝手がいい。水の魔石を使うときは十分に深い器を用意しなければならないが、水吐フグは水量を調節しつつ注げる。非常に便利な魔技巧品なのだ。

　魔石ポットの湯はすぐに沸き、しばし茶葉を蒸らしておく。続いて、エルは薬草入りのソーセージを、火の魔石を入れて炒めた。火が通ったら、卵を入れる。端がカリカリになるまで焼き、仕上げに黒コショウをかけたら目玉焼きのソーセージ添えの完成になる。

　イングリットは、料理をするというヨヨの様子を興味津々とばかりに覗き込む。

「猫くん、料理ができるんだな」

『まあね』

ヨヨは魔法を用いて、パンケーキを作る。ボウルに卵黄、小麦粉、牛乳を混ぜる。別のボウルに卵白と砂糖を混ぜ、ふわふわになるまで泡立てるのだ。二つの生地を混ぜ合わせ、バターを広げた鍋で焼く。魔法の力で、パンケーキをひっくり返す。一人につき二段、重なったパンケーキに、バターを落として樹液のシロップをたっぷりかけた。もちろん、甘い物に目がないプロクスの分もある。

「猫くん、料理が上手なんだな」

『ぎゃう～！（やった～）』

ふわふわのパンケーキは、舌の上でしゅわっととろけた。極上の味だ。口の中が甘くなったあとの、ソーセージと目玉焼きも最高だった。腹が満たされたあとは、ネージュの捜索を続ける。しばらく歩いていると、ネージュの魔力が通った痕を示す糸のようなものは、太くはっきりと見えるようになった。

「もう、近いのかも」

ネージュは何者かに連れ去られた可能性が高いので、慎重に進んでいく。

「ここから先、まっすぐ繋がっている。きっと、その先に、ネージュがいるのかもしれない」

イングリットは腕を組み、しばし考える。

「わかった。私が、一度様子を見てこよう」

そんな提案をすると、すかさずエルが反対した。

「ダメ！　危ないでしょう」

「いや、エルサン。私は、一応単独で冒険者をしていたんだが」

「それでも、イヤなの」

エルはイングリットに近づき、上着をぎゅっと掴む。

「もしも、この先イングリットがいなくなったら、わたしは、どう生きていいか、わからない」

いつの間にか、エルはイングリットに依存している。迷惑だとわかりつつも、巡り会えた大切な人が、危険に身を投じるのは我慢ならないのだ。じわじわ涙が浮かんだが、それでもじっとイングリットを見上げていた。

「あー、わかった。一人では、行かないから」

しょんぼりと落ち込むエルを、プロクスは優しく『ぎゃうん』と鳴いて励ます。イングリットはどうしようかと、考えているように見えた。ここで、フランベルジュが発言する。

『おっほん！　あー、よかったら、俺様が、様子を見てこようか？』

「フランベルジュ、いいの？」

『ああ。お安いご用だ』

「だったら、お願い」

フランベルジュは『承知』と言い、いつもより高く飛び上がって素早く飛んでいく。

五分後――戻ってきた。

「フランベルジュ、おかえり。ネージュはいた？」

その問いかけに、フランベルジュは剣先をぶんぶんと振る。

「だったら、何かあった？」

『妖精族の、集落があったぞ。熊みたいな、見た目をしていた』

熊妖精などいるのか。ヨヨのほうを見たら、知らないと首を振っている。

「イングリット、どうしよう。熊の妖精って、ちょっと怖そう」

「うーん。まあ、野生の熊よりは、凶暴ではないと思うけれど」

「そうかもしれない。けれど、ネージュを連れていったのは、気になる」

ひとまず、行くしかない。何があっても、ネージュを助けなければならないのだ。

「エル、どうする?」

「行く」

イングリットは「わかった」と言って頷き、フランベルジュを先頭にして先へと進む。草木を分けつつ、前へ前へと歩いていく。その先に、フランベルジュが発見した妖精族の村があった。

エルとイングリットは草むらに身を潜め、様子をそっと覗き見る。プロクスも幼獣形態になり、息を潜めていた。

「ん、あれって――熊、ではない?」

村には小さな茅葺(かやぶ)き屋根の家がいくつか建っており、茶色の毛並みを持つ二足歩行の獣が暮らしていた。大きさは、エルの膝丈くらいだろうか。ネージュと同じくらいの大きさである
村を歩き回っているのは熊の妖精ではなく、荒熊妖精だった。

「荒熊妖精の村って、ここだったんだ」

「みたいだな。エル、ネージュはどの辺にいそうだ?」

「そこまで離れていないと思う。この先に、広場っぽい所があるから、そこにいるかも」

どうやって荒熊妖精と接触すればいいのかと、イングリットがヨヨに問う。

『難しいね。あの妖精はあまり人間と契約したって話は聞かないし、気性も荒いから』

「ヨヨのほうから、交渉ってできる？」

『したくはないけれど……やってみようか？』

「お願い！」

まずは単独で、行ってみるらしい。離れた位置に、洗濯物を干している荒熊妖精がいるのだ。ヨヨは声をかけてみるという。

「ヨヨ、頑張って！」

『ダメだったらごめん』

「そのときは、猫くんの勇気だけ称えよう」

ヨヨは渋々、といった感じで荒熊妖精に接近する。荒熊妖精はヨヨに気付き――悲鳴を上げて逃げていった。

「あっさり、失敗したな」

「うん」

イングリットは立ち上がり、ヨヨに戻ってくるよう指示を出す。ヨヨが踵を返した瞬間、思いがけない事態となった。

『侵入者めー！』

『逃がさないぞ！』

手に槍を持った荒熊妖精が、ヨヨの元へと走ってやってきたのだ。

「ヨヨ！」

ピュウっと飛び出していったのは、プロクスである。ヨヨの元に辿り着き、爪で背中を掴むと飛び上がった。

『ぎゃうー！（逃げろー）』

「ヨヨ！」

プロクスが運んでくれたヨヨを、エルは受け取る。すぐに、イングリットがヨヨを抱き上げ、首に巻いた。そして、全力疾走で走る。

『待て、待てー！』

『逃げても無駄だー！』

だんだんと、荒熊妖精の数が増えていく。走る一行は、だんだんと追い詰められていた。

「はあ、はあ、はあ、はあ――！」

次第に、エルの体力も限界となる。もうダメだ。そう思った瞬間、エルの足首に何かが巻きついた。そして、ぐん！　と上に引かれ、同時に視界が一回転する。

「きゃあ！」

エルの体は宙を舞い、逆さ吊りとなった。

足に巻きつき、エルの体を吊っているのは蔦だった。足首に、ぎゅっと食い込んでいる。

フォースターからもらった衣装、薄紅大天使のスカートがこれでもかと捲れる。エルは下着が見えないよう、両手で押さえた。

「クソ、罠か⁉」

「な、何、これ!?」

プロクスが空を飛び、エルの足に巻きついた蔓に噛みつく。が、表皮が硬いようで、噛み千切れない。そうこうしているうちに、荒熊妖精に追いつかれてしまった。

逆さ吊りにされていると、だんだんと具合が悪くなる。吊られて一分も経っていないが、目の前がぼんやりと霞んできた。加えて、蔓が巻きついた足首も、じくじくと痛みを訴えている。

スカートも気にしている場合ではないが、これだけは死んでも離すわけにはいかなかった。

次第に涙が溢れ、ポロポロと流れていく。地上では、たくさんの荒熊妖精に囲まれ、イングリットやヨヨ、フランベルジュが槍の先端を向けられている。プロクスはいまだ蔓に噛みついているが、なかなか噛み千切れない。

『お前ら、我々の森の、魔鉱石を奪いに来たニンゲンだな!?』

『ニンゲンのせいで、俺たちは飢えているんだ！』

どうやら、荒熊妖精達は人間に棲み処を荒らされていたらしい。だからこのように、敵意を剥き出しにしているのだ。エルたちを捕まえた罠も、対人間用の物だったのだろう。

『捕まえて、湖に沈めてやる！』

『それとも、火あぶりがいいか！』

ヨヨの話していた通り、荒熊妖精は気性が荒い妖精族だったようだ。話したらわかると思っていたが、見当違いであった。だんだんと、槍の切っ先がイングリットやヨヨに接近しつつある。相手は魔物ではなく、妖精だ。反撃するわけにはいかない。

『いっそのこと、このまま串刺しにしてやろうか？』

『ちょ、ちょっと待って！　この人たちは、悪い人間じゃないよ！』

ヨヨが前に飛び出し、訴える。

『人間と契約している奴の言い分なんて、聞くものか！』

『そうだ、そうだ！』

『落ち着いてよ！　こっちの女性はダークエルフだし、吊られている女の子は、純粋無垢なんだ』

『ダークエルフ、だと？』

『こんなところに、ダークエルフがいるわけ――』

イングリットは深く被っていた頭巾を外す。すると、荒熊妖精はザザザ、と後退した。

ダークエルフだ、ダークエルフだと、口々に言う。

『皆の者、武器を下げい！』

背後より、声が聞こえる。すぐさま、槍は下へと下げられた。誰かが来たようだ。荒熊妖精たちは道を譲る。のっしのっしと歩いて現れたのは、眼帯を着けた荒熊妖精であった。周囲にいる荒熊妖精よりも一回り大きく、ただ者ではない態度でいる。

『この者たちは、先ほどやってきた客人の連れだ。丁重に扱うように』

『ハッ！』

『そこの少女も、解放するように』

そう命じた瞬間、蔓が足首から離れた。

「きゃっ！」

エルはそのまま、落下する――と思っていたが、中型竜に変化したプロクスが背中で受け止めてくれた。

「わっ！」

『ぎゃう!?（大丈夫!?）』

「うん、大丈夫。プロクス、ありがとう」

『ぎゃーう（どういたしまして）』

　イングリットがホッとした表情をしながら手を差し出してくれる。しかし、体に力が入らない。

「なっ！」

　倒れそうになったが、イングリットが抱き留めてくれた。

「おっと！」

「な、なんで？」

「逆さ吊りにされていたんだ。体の感覚が狂っているのだろう」

　イングリットがおんぶしようかと提案するも、なんだか悪い気がする。返事を躊躇っていたら、
プロクスがしゃがみながらエルに言った。

『ぎゃうぎゃう、ぎゃうぎゃーう（私の、背中に跨がっていればいいよ）』

「プロクス、ありがとう」

　プロクスの背中に跨がり、息を吐く。まだ、視界がぼやけていた。

『村の者たちが、失礼を働いた。代わって、謝罪させていただく』

「いや、私たちも、どうやって接触していいのかわからずに、すまなかった」

　互いに謝罪すると、ピリピリとした空気が和らいだ。

『俺は、村長だ』

「私は、フェルメータの森の者だ」

挨拶を交わし事情を話すと、付いてくるよう言われる。一行は荒熊妖精のあとに付いていった。

◇◇◇

荒熊妖精の村で、ネージュと再会できた。

『ご主人様――――!!』

「ネージュ！　よかった！」

『ええ、ご心配をおかけしました』

エルとネージュは抱き合い、再会を喜ぶ。なんでも、ネージュは森の中で意識を失っていたようだが、その際に荒熊妖精の若者に発見されたらしい。

『その後、この村に連行されていたようで』

ネージュは精霊としてではなく、魔石で動く魔技巧品だと思われていたらしい。

『村長様が、わたくしを精霊として、認めてくださって』

「そうだったんだ」

気になるのは魔石を命とする人工精霊であるネージュを、魔技巧品と言っていたことだ。一体、どういうことなのか。

『説明は、我が家でしょう』

村長が、温もりある茅葺き屋根の家に招いてくれた。内部は、人が住んでいるようなきちんとした造りとなっている。玄関があり、家に上がると囲炉裏のような火口もあった。棚には、森で採ってきたであろう木の実や、木の枝、キノコなどが置かれている。

妖精といっても、生態はさまざまだ。ヨヨのように周囲を漂う魔力を糧とする妖精もいれば、野生動物と同じように木の実やキノコを糧とする妖精もいる。荒熊妖精は後者のようだった。

村長の奥方がやってきて、薬草茶を出してくれた。茶請けなのか、乾燥させた木の実も添えてくれる。村長はどっかりと腰を下ろし、鋭い瞳を向けながら話し始める。

『早速、本題へ移ってもいいだろうか？』

「ああ、頼む」

村長の口から語られたのは、思いがけないものだった。

『この村の周辺地域で、人間による大規模な魔鉱石の採掘があり、魔力が枯渇状態になりかけている。その事態に、この森を守護する大精霊様がお怒りになった。この地の守護をやめ、出ていくとまで言っておられるのだ。このままでは、森は枯れ、草花の一本も生えぬ不毛の地となってしまう。現在、説得しているのだが——時間の問題だろう』

ネージュを連れ帰ったのは、解体して内部にある魔石を取り除き、魔力を解放させようと考えていたらしい。ゾッとするような話である。その場で実行されなかったことを、心から感謝した。

現在、実りの季節であるが、キノコも木の実も、殆ど採れないという。魔力が満ち、守護する精霊の力が活性化されて初めて、森は恵みをもたらすのだという。

そんな自然の摂理を、人間に壊されてしまったのだ。

「一体、誰がそんな酷いことを……」

通常、魔鉱石を採掘する際は、同じ場所から大量に採らないようにしている。採り尽くしてしまうと、二度と魔鉱石が採れなくなるからだ。魔鉱石を採掘する者の中では、常識である。

それなのに、この森にあった魔鉱石は、採り尽くされてしまったという。現在、王都は魔石不足が続いているので、なりふり構わないで採掘する者たちがいるのだろう。村長は同じ精霊族であるネージュに、話をしてほしいと頼んでいるさなかだったという。

『それは無理ですと、お話ししていたのですわ』

この森の大精霊は、いわば一国の王クラスである。生まれたばかりのネージュが、話して許してもらえる存在ではない。

『では、賢き森の友と呼ばれるエルフ族ならば、話を聞いてもらえるのでは？』

「あー、いや、私はただのダークエルフの若造だし」

千年、二千年と生きるハイエルフであれば話に耳を傾けるが、生まれて五十年にも満たないダークエルフが話しに行っても無駄だとイングリットは言う。

「大精霊を引き留めるよりも、応急処置をしたほうがいいと思う」

エルの意見に、村長は首を傾げる。

『応急処置、というのは？』

「魔力の流れが切れた場所を、よくするの」

現在、採掘がなされた場所は魔力が途切れた状態にある。それを、どうにかして再び魔力が流れるようにするのだ。

『そんなことが、できるのか？』

「現場を見ないとわからないけれど、たぶん、できると思う」

それは、モーリッツが教えてくれた技術の一つであった。

「魔鉱石を採っていた場所に、連れていってくれる？」

『もちろん』

村長を先頭に、槍を持った荒熊妖精に囲まれて魔鉱石が採掘されていた場所を目指す。

「なあ、エル。どうして、魔鉱石は、同じ場所で採り続けていたら、採れなくなるんだ？」

イングリットの質問に、エルは「長くなるけれど」と前置きして話し始める。

魔力は夜空に輝く月より生まれ、降り注がれた月光より大地へ満たされる。そんな魔力を集める器が、世界のどこかにあるという世界樹だ。世界樹はありとあらゆる生物と繋がっており、魔力を供給する。魔鉱石は生物と世界樹を繋げる橋となっているのだ。

「……だから、同じ場所から魔鉱石を採り続けると、世界樹との繋がりが切れて、新しい魔鉱石が採掘されなくなってしまうの」

「へえ、そうなんだな」

魔力の流れが途切れると、生態系にも悪影響が出るので、荒熊妖精は人間に怒っていたのだ。

『ここが、人間が魔鉱石を採掘していた場所だ』

「酷い……！」

その場所は、木々を引き抜き、大地を掘り起こして、魔鉱石を採掘していたようだ。

大きな窪みが、残されている。

「ここに、世界樹と繋がる〝核〟があったんだね」

『その通り』

大地には、至る所に世界樹と強い繋がりを持つ核が存在する。その核から、魔力が広範囲に行き渡るのだ。

「核を採ったら土地が死んでしまうというのは、常識なのに」

「自分には関係のない土地だからいいか、みたいに考えていたんだろうな」

エルも一度、魔鉱石の採掘で失敗したことがある。そこは核ではなかったものの、世界樹との繋がりが切れるほど採ってしまったのだ。泣きじゃくりながらモーリッツに報告に行ったら、渋々といった感じで修復方法を教えてくれた。エルは窪みに行って、中心にしゃがみ込む。

「ここに、核があったんだ」

「エル、わかるのか？」

「うん。魔力が、ほんのちょっとだけ残っているから」

周囲にも、まだ魔力がある。だから、森は一見していつも通りに見えるのだ。けれど、このままでは森は死んでしまう。だからエルは、世界樹との繋がりを再び作ろうとしていた。

まず、蜂蜜を使って魔法陣を描き、中心に高位魔石を並べた。四方に、水、土、火、風の四大属性の魔石を置く。さらに、八方に光、闇、雷、霧、炎、嵐、氷、毒の魔石を並べる。

呪文を唱えると、すべての魔石が活性化される。そして――大地に亀裂が入り、目を開けていられないほどの輝きを放った。

エルは光の中に呑み込まれる。その瞬間、イングリットがぎゅっと抱きしめてくれるのに気付いた。ふと、思い出す。以前、モーリッツが手本として見せてくれたときも光に呑み込まれ、同じように抱きしめてくれたことを。

「イングリット、大丈夫」

光が収まると、周囲にいた荒熊妖精達がどよめく。

『魔力が！』

『魔力が、戻ってきたぞ！』

『奇跡だ！』

妖精族なので、魔力の流れは手に取るようにわかるのだろう。無事、成功したようで、エルはホッと胸を撫で下ろす。

イングリットはまだ、エルを抱きしめたままだ。

「イングリット？」

「突然光ったから、びっくりした」

「もしかして、驚いたから、私を抱きしめたの？」

「それもあるけれど、エルが、光に呑み込まれて消えてしまうような気がして――うわっ!!」

突然エルたちの間に、小さな鳥が現れた。ふわふわした白い羽毛に緑色の澄んだ瞳を持っている。

『我は、森を守護する大精霊である。世界樹との繋がりを復活させてくれたことを、感謝するぞ』

「いやいやいや！　近い、近い、近い!!」

イングリットの叫びが、森の中に響いていた。エルとイングリットの間にすっぽり挟まるように登場した精霊であったが、猛烈にツッコまれたので距離を取る。

『すまぬ。久しぶりに、姿を現したが故』

白い小鳥の姿をした精霊は、荒熊妖精の手のひらで羽を休める。

『それにしても、すばらしいな』

「何が、すばらしいの？」

『この地に、魔力が満ちあふれている。人間たちが魔鉱石を採る前よりも』

意味がわからず、エルはイングリットと目を合わせ、同時に首を傾げた。それを察してか、荒熊妖精の村長が詳しく話をしてくれた。

『先ほど、世界樹とこの地を繋げる核を復活させる応急処置を施したようだが、核は完全に復活した上に、これまで以上の魔力を世界樹より引き込んでいる。弱っていた森の木々や草花も、元気を取り戻すだろう。我々からも、礼の言葉を言わせてほしい。本当に、感謝している』

再び、エルとイングリットは顔を見合わせ、同時に首を傾げた。

「なあ、エルの魔法は、応急処置だったんじゃないのか？」

「そのつもりだったんだけれど、どうして？」

その疑問には、ヨヨが答えてくれた。

『最上級の魔石と、エルの魔法が合わさって、魔法が完璧なものとなったみたいだね。普通の魔法使いが普通の魔石で魔法を施したら、応急処置になるだろうけれど、いい条件が重なった結果、って感じかな』

「なるほど。さすがエルサン案件ってわけか」

「イングリット、さすがエルサン案件って、何それ」

「知らないのか？　周囲の期待の遥か上の活躍をする、天才美少女エルサンの伝説を」

「知らないよ、そんなの」

　エルの魔石と魔法の奇跡で、森は今まで以上に住みやすい場所となったようだ。精霊は結界を張り、人間が侵入できないような魔法を施したと言う。

『無論、そなたらは自由に出入りできるようにしておいたぞ』

「それはそれは、どうもありがとうございます」

　イングリットの言葉に、精霊は、どうだとばかりに胸を張る。そして、そのまま姿を消した。

「現れるのも、いなくなるのも唐突だな」

「まあ、精霊だし」

　荒熊妖精の問題は解決したものの、エルとイングリットの問題は解決していない。魔石を作る働き手が必要なのだが、魔石を作るために人間に森を荒らされたばかりの彼らに、頼めることではなかった。そんな状況で、村長より提案を受けた。

『礼をしたいのだが、何か希望はあるだろうか？』

「うーん、そうだな」

「どうしよう」

『もちろん、我々にできることに限るのだが』

「すまない。ちょっと、時間をくれ」

『承知した』

　許可が下りるやいなやエルとイングリットはその場にしゃがみ込み、ヒソヒソと相談を始める。

「イングリット、どう思う?」

「いや、弱みにつけ込んで願いを聞いてくれそうだが、気性が荒い妖精はちょっとな」

「使役に向いている妖精を、紹介してもらう?」

「そうだな」

イングリットとエルは同時に立ち上がり、村長に妖精族の斡旋を頼む。

『使役しやすい妖精? 背後にいる妖精では、足りないのか?』

「背後?」

ヨヨは目の前にいる。どこに妖精がいるというのか。エルは振り返る。すると、小さな球状の妖精たちが、存在を主張するかのようにチカチカと光っていた。

エルは光の粒を指さし、「あ!!」と叫んだ。彼らは、モーリッツの研究書に封じられていた光の妖精で、エルが解放したのだ。

「エル、この大量の妖精たちはなんなんだ?」

「故郷の森からずっと一緒にいた光の妖精なんだけれど、姿を消していたから、忘れていたの」

黒斑病が広がっていた村では、薬作りを手伝ってくれた。客船では、船員を連れてきたり、魔石を運んだりと、しっかり働いていた。大人しい気質で、プロクスやフランベルジュのように主張もしないものだから、バタバタしているうちに存在を失念していたのだろう。

物忘れをしたことがないと胸を張っていたが、大切な存在をすっかり忘れていた。もう、一度覚えた物事は忘れないなどと、言えなくなってしまう。エルは頭を深々と下げ、光の妖精たちに謝罪した。あちらこちらから『イイヨ』という声が聞こえる。

「あの、お願いがあるのだけれど、聞いてくれる？」

『何？』

『何、何？』

『何カナ？』

「魔石作りを、手伝ってほしいの」

光の妖精たちは、揃って淡く光り出した。了承した、という意味だろう。

「みんな、ありがとう」

これにて、イングリットとエルの問題は解決する。あとは、魔石の生産に移るだけだ。

「一点、気になるのは、自然の摂理を無視して魔鉱石を採掘する奴らか」

「フォースターに、報告しなきゃ」

「だな」

◇◇◇

フォースター公爵邸に戻った一行は、執事に主の所在を尋ねる。

「旦那様は、お出かけになりました。帰宅したら、お知らせしますか？」

「うん、お願い。わたしたちは、地下にいるから」

「承知いたしました」

光の妖精たちはやる気があるようで、エルの周囲を点滅しながら飛び回っていた。やる気が漲（みなぎ）っているようである。休む間もなく、地下の工房へ向かった。エルは魔法鞄から、魔鉱石を取り出す。

「みんな、今から魔石の作り方を教えるから、見ていて」

妖精たちはエルの声に反応し、こくこくと頷くような動きを見せていた。その様子を眺めていたイングリットが、ぽつりと呟く。

「なんか、光の妖精が可愛く見えてきた」

イングリットの言葉に照れたのか、光の妖精たちはほんのりと赤くなっていった。言葉数は少なく、ただの光る球なのだが、感情表現は豊かなようだ。プロクスやフランベルジュも、魔石作りに興味があるらしい。エルの手元を、光の妖精と共に覗き込んでいる。

イングリットはエルから離れた位置にいるヨヨをチラリと見て、質問してみた。

「猫くんは魔石作りに参加しなくても、いいのか？」

『猫の手で、どうやって魔石を作るっていうんだよ』

ヨヨはイングリットに、肉球を示しながら言った。

「たしかに、その通りだな」

「そこ、お喋りしない」

「はいはいっと」

イングリットは返事をしつつ、エルの魔石教室に参加することとなった。

「みんなに作ってもらいたいのは、属性を付与していない、ただの魔石。まずは、魔力を含んだ白墨（チョーク）で、魔法陣を描く」

エルは慣れた手つきで、床にサラサラと魔法陣を描いていった。そこに、大きな錬金鍋を置き、精製水を注いでいく。

「この鍋で魔鉱石を煮込んで、澱(よど)みを浄化していくの」

魔鉱石を入れて魔法陣を発動させると、錬金鍋がすぐに沸騰する。鍋の中身はぐつぐつ、ぐつぐつと煮立っていた。十分ほどで、浄化は完了する。中の魔鉱石を掬い、錬成台へと並べていく。ただの石のような魔鉱石だったが、色が抜けて水晶のように透明になっていた。イングリットはその魔鉱石を覗き込み、感心するように言った。

「市場の魔石は、この浄化の作業が不完全だから、濁った色をしているんだな」

「そうなんだと思う。ここできちんと浄化していないと、魔石が爆発したり、暴走したりするから」

「だったら、大事な作業だ」

今度は魔法筆を用い、蜂蜜をインク代わりに魔法陣を描いていく。

「プロクス、笑っちゃうから、個人的な感想はあとにして」

『ぎゃう〜〜〜（蜂蜜、いい匂い）』

『ぎゃう（了解）』

エルは真剣な横顔を見せながら、魔法陣を完成させた。

「この魔法陣の上に、魔鉱石を並べて、魔鉱石の中の魔力を熟成(じゅくせい)させるの」

エルは目を閉じ、集中する。魔鉱石に手をかざし、仕上げの魔法をかけた。

「――深まれ、熟成(エイジング)!!」

魔法陣ごと光に包まれた魔鉱石は、光が収まると魔石と化していた。ツヤツヤと輝く、良質の魔石が完成となる。イングリットは口笛をピュウっと吹き、魔石を手に取った。

「やっぱ、エルの魔石は最高だな」

イングリットに褒められたエルは、頬を赤く染めている。が、すぐに真顔になって、光妖精に質問していた。

「これ、作れそう？」

光の妖精たちは、コクコクと頷いていた。

「だったら、今度は一緒に作ってみようか」

『ぎゃう（私も）』

『俺様も、挑戦するぞ！』

光の妖精たちは物覚えがよく、手早く魔石を完成させた。一方で、プロクスとフランベルジュのコンビは、上手くいかない。炎で焦げ、黒ずんだ魔鉱石を前に、エルが額に手を当てながら言った。

「プロクスとフランベルジュは、趣味の魔石ということで」

光の妖精たちはコツを掴んだのか、分業で魔石作りを始める。魔石の生産が始まった。

フォースターが帰ってきたというので、エルとイングリットは居間で待つ。別に、話があるわけではないが、一応、無事に帰ってきたと知らせるつもりだ。

アツアツの紅茶と、焼きたての焼き菓子を堪能していたら、廊下が騒がしいことに気付く。

「誰か、お客さん？」

「さあ？　なんだろう」

エルがカップをソーサーに置いた瞬間、扉が勢いよく開かれた。入ってきたのは、エルと同じくらいの年頃の少女である。

「え⁉」

「は⁉」

同じなのは、年頃だけではなかった。髪の色、瞳の色、肌の色から顔の造作、身長や体つきまで、何もかもエルとそっくりだったのだ。仕立てのよいドレスをまとっていて、少女とは思えない貫禄を漂わせている。少女はキッと、エルを睨んだ。

「やっぱり、お祖父様は黒斑病の魔女を、ここに匿っていましたのね‼」

エルとイングリットは、突然の糾弾に言葉を失っていた。彼女は、一体〝誰〟なのか。鏡を見ているのではと思うほど、そっくりである。

エルの心臓が、今までになくドクン、ドクンと高鳴っていた。見つめ合っているうちに、エルの中にあったばらばらの点が、線で結ばれ繋がっていく。記憶を遡ってみると、以前よりエルは誰かと勘違いされることがあった。それが、〝彼女〟だったのだろう。

似ていると言っていたのは、フォースターと、国家錬金術師のキャロル――共に、王宮に出入りをする人である。エルの母は、亡くなった王妃だ。若い頃の姿が、エルにそっくりだったという。

それに、彼女は先ほど、フォースターを「お祖父様」と呼んでいた。つまり、今目の前にいる彼女は、フォースターに続くエルの血縁者である可能性が高い。考えを巡らせているうちに、だんだんと冷静になった。しっかり前を見据え、同じ顔をした少女を見る。

「わたしは、黒斑病の魔女じゃない」

「だったら、どうしてわたくしと同じ顔をしていますの⁉」

「さあ？」

「どうせ、幻術か何かなのでしょう!? そこの邪悪なダークエルフに命じて、姿を変化させているに、違いありませんわ!」

「違う!!」

エルが叫んだのと同時に、強い風が吹く。

「きゃあ!」

「王女様!!」

ゾロゾロと、武装した騎士が部屋へと入ってきた。騎士は、少女を「王女」と呼んだ。やはり、エルの予想は正しいのだろう。彼女は、国王夫妻の唯一の子である、王女なのだ。

なぜ、エルが〝黒斑病の魔女〟と呼ばれるようになってしまったのか。原因は、フォースターにあったことを思い出した。以前キャロルが話をしていたのだ。フォースターが久しぶりに王宮に戻った際に、王女に似た少女を見たと。

王女に似た少女など、いるはずがない。この世で、同じ姿をした存在は、悪しきものであるという謂われがある。それが、王女と生き写しのようにそっくりなエルが、黒斑病の魔女と呼ばれる所以となったのだろう。いまだ、強い風がビュウビュウと吹いている。これは、一体なんなのか。

「落ち着くんだ、エル!!」

ここで、イングリットの叫びが耳に入る。

「え、私――?」

『魔力が、暴走しているんだ! 落ち着け! でないと、この部屋が崩壊してしまう!』

ヨヨの叫びを聞いて、ハッと我に返る。ここで、状況を改めて理解した。エルの目の前に、剣を引き抜いたネージュと、剣から炎を立ち上らせるフランベルジュ、それから中型の竜に転じたプロクスがあった。騎士から守ろうとしているのだろう。そしてエルは、自身の魔力が強い風を起こしていることに気付いた。

「や、やだ……！」

焦った途端に、風が強くなった。カーテンはバサバサと音を立て、ガラスはミシミシと悲鳴を上げている。天井から吊り下がったシャンデリアは、左右に揺れて危険な状態だ。こんなこと、したくないのに。その焦りが、風を強くしてしまう。涙が零れそうになった瞬間、イングリットはエルをぎゅっと抱きしめた。

「大丈夫だ。頭の中に、森の静かな湖を、想像して――」

イングリットに言われた通り、生まれ育った森の湖を想像してみた。すると、風がだんだん収まっていく。イングリットは優しくエルの背中を撫でる。風は、止んだ。

だが、騎士との間にあるピリピリとした空気までは、和らがない。今、必要なのは、冷静さなのだろう。エルは礼を言ってイングリットから離れる。そして、敵意を剥き出しにするネージュとフランベルジュ、それからプロクスに声をかけた。

「みんな、やめて。あの子は、わたしたちの敵ではない」

その言葉に、皆、素直に従う。エルは騎士の背後に佇(たたず)む少女に、語りかけた。

「あなたの名前は？」

「わ、わたくしは――アルネスティィーネ」

「アルネスティィーネ」

名前を呟いた瞬間、胸が苦しくなる。どうしてかわからないが、懐かしく切ない気持ちに襲われた。息苦しくなり、その場に膝を突く。イングリットが背中を支えてくれた。手の温もりを感じる。けれども、心は落ち着かない。

どうして、彼女、アルネスティーネを前にするとこうなってしまうのか。考えても、答えは浮かんでこない。

「あなたの名前は？」

エルが先ほどしたものと、同じ質問が投げかけられる。

「わたしは――エルネスティーネ」

「え!?」

その名を呟いた瞬間、エルの前に巨大な魔法陣が浮かび上がった。脳内に、声が響く。

――双子は不吉だ。

――両方殺せ！

――ああ、子どもに、罪はないのに!!

――大丈夫だ。君と、陛下の子は、俺が守る。

――殺せ、殺せ!! 片方でもいい、殺せ!!

声が、大きな声が、エルの脳内に響き渡った。

「ああっ！」

意識が遠退（の）いていく中で、アルネスティーネが倒れるのを視界の端に捉える。

そのあと、エルの意識はぷつりと途切れた。

◇◇◇

アルフォネ妃は、長きにわたり不妊だった。責任を感じ、国家錬金術師を呼び集めて妊娠できるように治療を施した。しかし、一向に懐妊の兆しが現れなかったのである。ある日、一人の錬金術師が、一つの見解をほのめかす。アルフォネ妃が妊娠できない理由は、国王にあると。幼少期の病が原因で、生殖機能がないのではと指摘したのだ。

それを聞いた国王は激怒し、その錬金術師は国外追放となった。アルフォネ妃は国王が原因で妊娠できないという可能性を信じ、実父であるフォースターを頼った。フォースター公爵とアルフォネ妃は、表向きは絶縁関係にあった。しかし、裏では繋がっていたのだ。

何かあったときのために、そのように仕向けていたのだ。

フォースターはアルフォネ妃の依頼を受け、追放された錬金術師を保護し、薬の開発を依頼する。それから三年後、不妊改善薬が完成した。それを、アルフォネ妃は国王の茶に混入するよう侍女に命じる。薬の服用を始めた途端、懐妊の兆しが見えた。やはり、国王が原因であったのだ。だが、子は順調に育たず、流産した。けれど、アルフォネ妃は諦めない。フーゴと引き離されてから、国王に嫁ぐまでの一年間、彼女は国王の妃となるために教育されていた。その中で、不屈の精神も身に付いていたのである。

それから二度の流産を乗り越えたのちに、子どもを出産した。だが、生まれてきた子どもは、女の双子だった。赤子を取り上げた侍女の表情が、さっと曇る。ここ最近、女性王族にも継承権を与えようとする動きがある。かつて、女王が国を統治し、輝かしい時代を築いた国があった。それらを、参考にしたのだろう。

問題は、双子であるということだ。古の時代より、王家に双子の子どもが生まれるというのは、不吉だと言われていた。その最大の原因は、継承戦争が起きやすいという点だろう。

国内にはさまざまな派閥が存在する。双子の子どもが生まれることにより、どちらに付くかが明確に分かれ、より対立がわかりやすくなってしまうのだ。さらに、双子の子どもは魔族に愛されし象徴だという言い伝えもあった。双頭竜に、双頭蛇、双頭犬に双頭羊――どれも、歴史に名を残す邪悪な存在である。双子はその魔族を、彷彿とさせる存在であったのだ。

双子の子を見た国王は、顔面を蒼白にさせる。すぐに信頼を置いている臣下を呼んで相談した。

ある者は、両方の子を殺すように唆した。

ある者は、殺すのは片方でいいのではと提案した。

ある者は、政治の駒になるので、両方生かすべきだと言った。

国王は、悩んだ。やっとのことでできた子である。できれば殺したくないと考えていたのだ。しかし、発言力のある大司教が、双子は厄災の前触れであるが故に、大きく育つ前に片方を殺したほうがいいと勧めた。国王はその意見に影響され、双子の片割れを殺す決意をする。

アルフォネ妃にとっては、残酷としか言えない所業であった。何度も国王に殺さないでほしいと懇願したが、声は届かない。アルフォネ妃が民衆に訴えようとしていた矢先、大司教がやってくる。

大司教は、次に生まれる王家の娘は『救国の聖女である』らしいと、大精霊の予言があったことを伝えてきた。聖女が二人もいるはずがない。予言を違えないためにも、片方を殺す決定は覆すことはできない。さすがのアルフォネ妃も、大精霊の予言を出されてしまっては何もできなくなる。

やがて王妃は精神を病み、誰とも口をきかなくなった。国王の言葉ですら、届かなくなった。

フォースターは、娘が大精霊の予言に苦しんでいることを知ると、予言に逆らって、双子の片割れを助ける決意をした。フォースターはアルフォネ妃が思いつかないような作戦を考える。それはアルフォネ妃とかつて婚約者だったフーゴとの不倫をでっちあげ、彼を追放するのと同時に、片方の子どもを託すというものである。

儚(はかな)くなってしまった他人の赤子で偽装したあと、フーゴは王都を出て、遠く離れた森に逃げ込んだのだ。そこで、かつて王国の賢者と呼ばれていたモーリッツに出会ったのは、偶然であった。

エルネスティーネと名付けられた赤子の、名前を封じたのも彼である。生涯、自らが王族であることを知らずに、幸せになってほしい。それが、フーゴとモーリッツの願いであった。モーリッツが死しても、魔法が解けないようにと強くかけられた術であった。だが、あっさりと解かれてしまった。エルネスティーネと、アルネスティーネ。双子の繋がりは、賢者がかけた魔法よりも強いものなのだ。離れ離れだった二人が今、顔を合わせる。

二人の中で止まっていた歯車が、少しずつ動き出そうとしていた。本当に双子が不吉な存在なのか否かは、神のみぞ知ることだった。

◇◇◇

朝――エルはぱっちりと瞼を開いた。カーテンの隙間から、柔らかな太陽の光が差し込んでいる。

美しい小鳥のさえずりも聞こえていた。いつもならば、この辺りではっきり覚醒するのに、いつまで経っても夢心地でいる。というのも、不思議な夢を見たからだろう。まだ顔も知らぬ母親と、父親が姿を現したのだ。この世に生を受けたのと同時に、エルは存在を否定された。

父は、生まれたばかりのエルを指さし、殺せと叫ぶ。母は、エルを助けたい気持ちはあったものの、大精霊の予言があるのでどうにもできないと嘆いていたのだ。そんな中で、フォースターが登場し、殺される前のエルを助け、フーゴに託した。

生まれたばかりのエルと、フーゴの旅は不思議なものだった。乳母を雇って旅立つ予定が、すべて断られてしまう。山羊の乳が母乳に近いと聞き、フーゴは山羊を買って旅立ったのだ。

だが、雌山羊だと聞いて買ったのに、山羊は雄だった。母乳を求めて泣くエルの元に、不思議な生き物が現れる。灰色の毛並みを持つ、毛足の長い猫であった。猫は人間の女性の姿となり、エルに乳を与えた。それだけでなく、かいがいしく世話もしたのだ。

灰色の猫のおかげで、フーゴとエルの旅は順調に進むことができた。

モーリッツが住む森に到着したのと同時に、灰色の猫は姿を消した。その際、フーゴの記憶も消していたようだ。以上が、夢の内容である。

「……なんなの？」

何もかもが、謎でしかない。普段、殆ど夢を見ることはないので、余計に引っかかる。

特に、猫の存在は非常に不可解であった。たしかに、乳飲み子であったエルと生活能力皆無なフーゴとの二人旅は実質的に不可能である。誰かの協力がないと、無理があった。

深く考えかけた瞬間、エルはいやいやと首を横に振る。ただの夢である。

もしかしたら幼少期に読んだ幻想譚の内容を、そのまま反映するように夢に見てしまっただけなのかもしれない。意味はないのだと言い聞かせつつ、身支度を整えた。

「――あれ？」

エルはふと、昨日の記憶が曖昧なのに気付いた。何か、衝撃的な出会いがあったような気がするのに、よく思い出せない。光の妖精に魔石作りを教えたあと、何をしたのか。

食事をしたり、風呂に入ったり、寝台へ潜り込んだ記憶すらない。

「まあ、いいか」

旅疲れで、気を失うように眠ってしまったのだろう。魔石作りに夢中になっていた頃、こういうことがたまにあった。大抵は、モーリッツがエルを寝台まで運んでくれたのだ。

今回は、イングリットが運んでくれたのかもしれない。話を聞かなければ。そういえば、いつもはエルの周囲で固まるように眠っているヨヨやプロクス、ネージュの姿がなかった。もう、起きているのだろうか。そんなことを考えつつ、食堂に足を運んだ。

「おお、エル、おはよう」

「おはよう」

イングリットは険しい表情で折り畳んだ新聞を読んでいたが、エルを見ると途端に笑顔になった。

「イングリット、昨日、わたしを寝台に、運んでくれたの？」

「ああ――まあ、な」

少しだけ、気まずそうな表情を浮かべたが、一瞬のことだった。

「どうしたの？」

「あ――」

　イングリットが答える前に、別の者が言葉を返す。

「私が、イングリット殿を責めてしまったのだよ」

　食堂に、フォースターが姿を現す。これまでエルとイングリット専用の食堂に顔を出すことはなかったが、今日は席についていた。

「お祖父さんが、イングリットに何か言ったの？」

「エルみたいな少女に、倒れるまで仕事をさせるなんて、酷いではないか、とね」

「違う。イングリットは悪くない！　悪いのは――」

「私、ということにしておこう」

　フォースターはいつもの胡散臭い笑顔で挙手した。その後、フォースターはエルとイングリットから近況だけ聞き、一杯の紅茶を飲んだのちに退室していく。

「お祖父さん、なんだったの？」

「エルが無理をしないか、心配だったんだよ」

「それで、イングリットを責めるのは間違っている」

「仕方がないさ。フォースター公爵にとって、エルはたった一人の孫娘だから」

「――っ!?」

　頭の中に、違う、という声が聞こえた。何が違うのか、よくわからない。エルの中にある何かに、ぎゅっと蓋をされているような気がしてならなかった。

「ねえ、イングリット。わたし――」

言いかけたそのとき、廊下からバタバタと足音が聞こえた。

『ちょっと、そんなに走らないでよ！』

『ぎゃうー！（だって、早く見てほしくて）』

『我々の努力の結晶を、早く鑑定してもらうのだ!!』

『ちょっと、わたくしを、置いて行かないでくださる？』

食堂へ姿を現したのは、掲げるように魔石を持つプロクスと、誇らしげに胸（？）を張るフランベルジュ。それから、肩で息をするネージュに、うんざり顔のヨヨであった。

「あれ、みんな、どうしたの？」

エルを見た途端、プロクスはポロポロ涙を零した。フランベルジュは、ぶるりと震える。ヨヨはヤレヤレとばかりにため息をついていた。

「え、何？」

エルの疑問に、ヨヨが答えた。

『エルを驚かせようと、魔石を作っていたんだ』

「あ、そう、だったんだ」

エルはプロクスとフランベルジュのもとへと駆け寄り、魔石を見る。水晶のように透明で、美しい魔石だった。

「よく、できているね」

『ぎ、ぎゃう～（そ、それほどでも）』

『頑張った甲斐が、あったな！！』

平和な朝の光景に、エルは微笑んだ。

魔石バイクに使う魔鉱石は、フォースター公爵家の領地にある鉱山から採掘した。フォースターは大の魔技巧品嫌いで、古くからの暮らしを大事にする男であった。これまでも、所持領での魔鉱石の採掘事業を持ちかけられていたが、どれも断っていた。

しかし、可愛い孫娘であるエルの頼みとあれば、断れなかったようだ。鉱山には、これまでジェラルド・ノイマーに活動を妨害された鉱山採掘者を雇い入れ、魔鉱石の採掘が始まった。非常に質がいい魔鉱石が次から次へと採掘される。それを、光の妖精が魔石に加工し、グレイヤード子爵家が営む商会へと出荷された。同時進行で、魔石バイクの生産も始まる。

グレイヤード子爵は商会の経営者を招いて夜な夜な夜会を開き、魔石バイクのすばらしさについて語った。評判は上々で、次から次へと予約が入ってきている。

「イングリット、予約だけで、五百台も売れたって」

「嘘だろう？」

インググリットの手元には、一台生産するごとに入る著作料が次から次へと転がり込んでくる。

「エル、なんだか、夢を見ているみたいだ」

「夢じゃないよ」

エルはイングリットをぎゅっと抱きしめる。

「よかったね、イングリット」

「ああ。エルの、おかげだ」

「そんなことないよ。イングリットの着想あってのことだし」

「でも、エルがいなかったら、私は、下町で燻っているままだった。エルが、私の世界を広げてくれたんだ」

イングリットはエルを抱き返す。温もりを感じていたら、なんだか照れくさい気持ちになった。

それから一ヶ月後——ついに、魔石バイクの発売日を迎えた。新聞の一面で、画期的な魔技巧品だと報じられる。

「イングリット、見て、これ！」

「驚いたな」

ここ最近の新聞は政治批判ばかり書かれていたが、魔石バイクに関する記事は珍しく温厚で友好的な論調であった。これまでの魔石車は、排気ガスと呼ばれる環境や人体に悪影響を与える魔力のガスが発生していた。そのおかげで、王都は曇天が続き、黒い雨を降らすこともあったのだ。

一方で、魔石バイクは排気ガスを出さない。それどころか、空気を浄化させる機能も付いている。走れば走るほど、王都の空気はきれいになっていくのだ。

「イングリット、見て、お祖父さんのコメントも載っているよ」

「あ、本当だ」

フォースターは魔石車の環境問題について、つらつらと語っていた。

「お祖父さん、真面目なところもあるんだね」

「だな」

そして値段についても、書かれていた。魔石車は貴族にしか買えないような高額の値段設定がなされている。しかし、魔石バイクは庶民の手にも届く価格設定にされているのだ。

さらに、不足傾向にあった魔石も、良心的な価格で販売してくれる。魔石バイクはこれまで人々が不満に思っていたことを、一気に解決してくれる存在となりそうだ。

ただ、褒めるばかりではない。問題点も書かれている。剥き出しの身で乗る危険性や、歩行者との事故の可能性。それから、所持する人が多くなれば、道が混雑するのではという推測など。

「まあ、褒められるばかりでは、怪しく思えるからな。これが、まっとうな視点から書かれた記事だという証拠にもなる。よかったよ。公平な目で、魔石バイクを評価してもらって」

「そうだね」

ひとまず、魔石バイクを開発し、販売するという目標は果たされた。

エルとイングリットは、ハイタッチを交わした。

「ねえ、イングリット、これからどうする？　新しい魔技巧品を作る？」

イングリットは作りたい魔技巧品が山のようにあるらしい。着想が尽きることはないと。

「それとも、迷宮に行って、勇者の故郷に伝わる魔技巧品を探す？」

「うーん、迷うけど、とりあえずは一区切りってことで、しばらくエルがやりたいことをやろう」

「え!?」

思いがけない言葉に、エルは目を丸くする。

「今日まで、エルは私がやりたいことに付き合ってくれただろう？　今度は、私がエルのやりたいことに付き合おうと思って」

「わたしは、別に、やりたいことなんて……」

「よくよく考えたらあるから。考えてみろよ」

「うーん」

エルは頬に手を当て、小首を傾げながら考える。

「やりたいことって、捻り出すものなのかな？」

「捻り出せ、エル！」

「捻り出すものなんだよ！」

イングリットに急かされながら、エルは考える。

「う〰〰ん、う〰〰〰ん……。あ!!」

「思いついたか？」

エルは頷き、背伸びをしてイングリットの耳元でこそこそ囁いた。

「みんなで、ピクニックに行きたいだって!?」

「うん。プロクスに乗って、人がいないような場所で、おいしいお弁当を食べたり、きれいな景色を眺めたりしたい」

「いいな、それ！」

ヨヨやプロクス、ネージュやフランベルジュを連れて、エルの顔を知る人がいない地へ飛び立っていくのだ。きっと、楽しいに決まっている。エルとイングリットの胸は、希望に満ちあふれていた。

書き下ろし番外編　イングリットの独り言

　エルを、彼女を苦しめるありとあらゆるものから守りたい。そう思っていたのに、彼女にはさまざまな苦難が降り注ぐ。そしてとうとう、エルと同じ顔をした少女が、目の前に現れてしまった。

　彼女はきっと、エルとフォースター公爵の縁者だ。そして、王女であり、将来玉座に納まるような存在なのだろう。アルネスティーネと名乗った少女は、エルを捕らえて、罪に問おうとした。

　彼女の周囲には騎士が大勢いて、エルを抱えて逃げるのは不可能だろう。どうすればいいのか。

　そう思った瞬間、エルは突然倒れた。駆け寄って、容態を確認する。息は浅く、苦しそうだった。

　そんなエルの額に、猫くんが肉球を添える。すると、エルの表情は和らいだ。猫くんは言う。これ以上は、危ない、と。何が危ないのか。そう思った瞬間、アルネスティーネや騎士の周辺に魔法陣が浮かび上がる。

　騎士が一人一人、姿を消していく。最後にアルネスティーネもいなくなった。

　何をしたのか。猫くんに問いかけると、記憶を消して城に帰したという。エルのほうも、同じようにアルネスティーネとの出会いに関する記憶を抹消（まっしょう）したと。

　以前から、猫くんはただの妖精ではないと思っていた。だが、ここまでとは想定していなかった。

　記憶操作に空間転移を大規模範囲で展開できるのは、一握りの高位妖精のみ。おそらく、猫くんは森に棲む妖精の頂点に立つような、とんでもない存在なのだろう。なぜ、このような魔法を使ってまで、アルネスティーネの行動を阻んだのか。その問いかけには、あまり答えたくない様子だった。

しかし、何かあったときにエルを守りたい。そう訴えると、猫くんは渋々、といった感じで説明を始める。この国の命運は、エルが握っている。救うか、救わないかは、エル次第。今は、選択のときではない。だから、記憶を消したと。どうやらエルは、ありえないほど重たい運命を、小さな背中に背負っているらしい。

なぜ、残酷な選択をさせるのか。猫くんに抗議すると、それは仕方がないのだと言う。エルは力を持って生まれ、大精霊に愛されし存在だから、と。

言えるのはここまでだと言う。猫くんも、大精霊の本意は知らないようだ。

もともと、エルと猫くんの出会いは偶然で、個人的に気に入っているからそばにいるだけに過ぎない。だから、基本的には見守るだけで、今回のように動くことは殆どないとのこと。

ひとまず、猫くんのおかげで危機から逃れた。しかし、王族との繋がりがあるフォースター公爵家にいる以上、アルネスティーネと再び邂逅（かいこう）するかもしれない。

これから、身の振り方をよくよく考えなければ。

エルには、笑顔でいてほしい。そのためには、私がしっかりしていなくては。

猫くんの前で、改めてエルを守ると誓う。そんな私に、猫くんは『これからも、エルをよろしくね』とぷにぷにの肉球を差し出してくれたのだった。

書き下ろし番外編２　エルと楽しいピクニック

　イングリットの元に、魔石バイクの著作料が入ってきた。想定以上の大金だったようで、イングリットはしばし放心していた。

　大丈夫かと声をかけると、イングリットは「エルサンはすごい」などと呟く。エルが、自分がすごいのではない。イングリットがすごいのだ。そう返しても、ふるふると首を振るばかりであった。

「なあ、エル。何か、欲しい物はないのか？」

「買ってくれるの？」

「ああ」

　魔石バイクが完成し、情熱ある生産者の手に渡ったのは、エルのお手柄だと言う。何か品物を贈らせてくれと、イングリットはエルの手を握って訴えた。

「だったら、バスケットが欲しい」

「バスケット？」

「うん。ヤマブドウの蔓で作った、大きくて丈夫なやつがいいかな」

　イングリットはポカンとしていた。想定外の品物だったようだ。

「エル、そんなのでいいのか？　もっと、宝石とか、ドレスとか、そういう品だっていいのに」

「宝石やドレスは、わたしには必要ないよ。それよりも、バスケットを買って、みんなでピクニックに行きたいの」

エルの言葉を聞いたイングリットは、顔を逸らして「はあー」と深いため息をついていた。

「イングリット、どうかしたの？」

「いや、あまりにもエルが可愛い願い事を言うものだから、ため息が出てしまったんだ」

「そういうときに、ため息が出るものなの？」

「みたいだな。私も初めてだ」

イングリットの言う「可愛い」とは、些細な願いのことだろう。エル自身が、可愛いわけではない。そんなふうに言い聞かせておく。

「わかった。バスケットを百個でも二百個でも、買ってやろうじゃないか！」

「いや、そんなにいらないから。一個でいいの」

軽く受け流していたら、本当にバスケットをあれやこれやと買いそうだったので、しっかり釘を刺しておいた。その後、エルはヤマブドウの蔓で作ったバスケットをイングリットに買ってもらった。ヤマブドウの蔓のバスケットは、使えば使うほど艶が出て、美しくなるらしい。この先、どんな色合いになるのか、エルは楽しみであった。

それから一週間後に、エルはみんなとピクニックに出かけた。その日は早起きし、張り切って弁当を作った。同じく、早く目を覚ましたプロクスが、手伝ってくれる。幼獣体のプロクスは、最近エルが贈ったエプロンをかけ、胸を張って調理台の上に立っていた。

「プロクス、エプロン、似合うよ」

『ぎゃう〰〰（それほどでも〰〰）』

照れて頭を掻く様子は、なんとも愛らしい。だが、プロクスに構っている場合ではなかった。エルは今日のピクニックの目玉である、弁当を作らなければならないのだ。

まずは、昨日焼いてしっとりさせたパンを使い、サンドイッチを作る。卵を割り、塩コショウで味を調えたあと、バターを溶かした鍋に流し込む。プロクスが卵を混ぜている間に、エルは鍋の準備をした。

『ぎゃう！（できたよ）』

「ありがとう」

鍋に流した卵をスクランブルエッグを作るようにくるくる搔き混ぜ、半熟になったらチーズを入れて包み込む。これをパンに挟むと、モーリッツの大好物だった、オムレツサンドイッチである。

『ぎゃう――――！（おいしそう！）』

「でしょう？」

他に、肉団子のソース絡めに、串焼き肉、魚のフライ、茹で卵を作って弁当箱に詰める。

「よし、こんなものかな」

プロクスはキラキラした瞳で、弁当箱を見つめていた。

『ぎゃうぎゃう（お昼が楽しみ）』

「そうだね」

お弁当箱や飲み物、菓子、敷物などをバスケットに詰め込んでいく。イングリットが買ってくれた大きなバスケットは、すべて収納してくれた。朝食を食べたあと、すぐに出かける。

「イングリット、急いで」

「お、おう」

朝に弱いイングリットは、寝ぼけ眼（まなこ）であった。

「ヨヨも、行くよ」

『は〜い』

フランベルジュはイングリットに背負ってもらった。この前、鞍に縛り付けていたら落としそうになったので、運搬方法を変えたのだ。

「フランベルジュ、もしも落っこちても、付いてきてね」

『無茶を言うな！』

準備が整ったので、出発となる。成獣体になったプロクスに跨がり、王都から遠く離れた美しい森を目指した。そこは、よくプロクスが訪れていた場所らしい。炎の大精霊の加護があるので、冬でも暖かい。目的地に着き、炎の大精霊の加護で湯が沸き立った湖を前に、弁当を広げた。イングリットは弁当を見た途端、嬉しそうに微笑む。

「おお、ごちそうだな！」

「たくさん食べてね」

美しい森と湖を眺めながら、弁当を食べる。これほど楽しく、癒やされる瞬間はないだろう。

「うん、美味い！」

「よかった」

サンドイッチを頬張りながら、ピクニックは定期的に行くようにしなければ、と、そんなことを真剣に考えるエルであった。

あとがき

こんにちは、江本マシメサです。

この度は、『少女と猫とお人好しダークエルフの魔石工房2』をお手に取っていただきまして、まことにありがとうございました。

第一巻が発売したのは、四月。

不安でいっぱいのまま、発売日を迎えました。

ただただ日常を送るだけでも大変な日々の中、たくさんの読者様に本を手に取っていただき、こうして二巻を発売することができました。奇跡のようです。

本当に本当に、ありがとうございました。

引き続き、『少女と猫とお人好しダークエルフの魔石工房』をよろしくお願いします。


話は変わりまして。

二巻はエルとイングリット、それから愉快な仲間たちが、魔石バイクを造るためにあれやこれやと奔走する内容となっております。

一巻よりは明るく、楽しげなエピソードになったと個人的に思っています。

三巻はクライマックスとなるエピソードをお届けできたら、と考えている最中でございます。

最後まで発売できますようにと、祈るばかりです。

世間がザワザワとしている中で、すばらしいニュースが届きました。

なんと、『少女と猫とお人好しダークエルフの魔石工房』がコミック化するようです！

漫画の世界でエルやイングリットの活躍が読めるなんて、夢のようです。

続報を、楽しみに待っていていたいと思います。


最後になりましたが、イラストレーターのＫｅＧ先生、担当編集様、本が完成するまでに関わってくださったすべての方々に感謝を申し上げます。ありがとうございました。

そして、読者様へ。

最後まで読んでくださり、ありがとうございました。

また、どこかで会えることを信じて、あとがきを締めさせていただきます。

江本マシメサ

BKブックス

少女と猫とお人好しダークエルフの魔石工房 2

2020年9月20日　初版第一刷発行

著　者　江本マシメサ（えもと）

イラストレーター　KeG（けーじ）

発行人　大島雄司

発行所　株式会社ぶんか社
〒102-8405　東京都千代田区一番町29-6
TEL 03-3222-5125（編集部）
TEL 03-3222-5115（出版営業部）
www.bunkasha.co.jp

装　丁　AFTERGLOW

編　集　株式会社 パルプライド

印刷所　大日本印刷株式会社

ISBN978-4-8211-4563-8

Printed in Japan